書下ろし

母の祈り

風烈廻り与力・青柳剣一郎㊾

小杉健治

祥伝社文庫

目次

浅草聖天町
そば屋『喜洛庵』
寛永寺
不忍池
湯島天神
浅草寺
吾妻橋
大川
神田明神
湯島聖堂
向柳原
回向院
両国橋
筋違橋
八辻ケ原
神田川
浅草御門
新大橋
常盤橋
海賊橋
北町奉行所
楓川
八丁堀
仙台堀
永代橋
深川
南町奉行所
数寄屋橋
鉄砲洲稲荷
富岡八幡宮

「母の祈り」の舞台
駿河台
火付盗賊改方役宅
四谷坂町
御先手組組屋敷
市ヶ谷御門
麹町
足袋問屋『美濃屋』
四谷塩町一丁目
雪駄問屋『但馬屋』
四谷御門
紀尾井坂
麹町
料理屋『若松』
江戸城
北
西
東
南
増上寺
卍

第一章　仲間の死

一

薄暗い堂内に読経と木魚の音が響いている。三日前に急逝した先手組の与力川田与五郎の葬儀が、雑司ケ谷にある川田家の菩提寺で執り行われた。

読経が終わり、白い装束の参列者が次々と本堂から出て行く。南町奉行所風烈廻り与力青柳剣一郎も、その中のひとりだった。

暗い本堂にいた目には陽光が眩かった。陽光は日毎に輝きを増していた。

一筋の白い雲が浮かんでいるだけで、空は青く澄んでいる。北風が強く、肌に冷たく当たる。

本堂から座棺が運ばれてくるのを待っていると、

「青柳さま」

と、声をかけられた。

南町定町廻り同心の坂上吹太郎だった。

坂上吹太郎は三十二歳。色白で、髭の剃り跡が青々としている。涼しげな目元に高い鼻梁。整った顔立ちの男だ。隣にいる妻女のお静も美しい女で、まさにふたりは似合いの夫婦だ。

「故人はそなたたちにとって大事なお方であったな」

剣一郎は口にした。

「はい。お静の養父になっていただきました」

吹太郎がしんみり言う。

長屋暮らしで身寄りのなかったお静は、川田与五郎の養女になってから同心の坂上吹太郎に嫁いだのだ。

「とてもよくしていただき、私の恩人でございました。実の父のようにやさしいお方でございました」

お静が涙声で言う。

「そなたが検死をしたというのも皮肉なことだ」

剣一郎は吹太郎に言う。

川田与五郎の亡骸は吹太郎の受け持ち内である四谷御門に近いお濠で見つかっ

たのだ。

「はい。驚きました」

吹太郎は頷いて答える。

剣一郎は、川田与五郎とは事件がきっかけで知り合った。以来交流を深め、最近こそ会うことはあまりなかったが、ときおり文のやりとりはしていた。

「五十歳ということだが、少し早すぎた」

麴町にある料理屋の帰り、酔っぱらって足を踏み外し、お濠に落ちて亡くなったと聞いている。

付近に争った形跡もなく、小便をしようとして誤って落ちたのだろうということで調べを終えていた。

しかし、剣一郎は酒に強い与五郎が足を踏み外すほどに酔っていたということがにわかには信じられず、それよりお濠で小用を足すなど行儀の悪いことをするだろうかと疑問に思っていた。

弔問に訪れた際、妻女や居合わせた朋輩にきいてみたが、誰かと喧嘩をするとも考えられず、最近歳のせいか酒に弱くなっていたという話もあり、やはり不運な出来事だったのだろうと思うようになった。

与五郎は他人から恨まれるような男ではなく、先手組の与力にしては珍しく穏やかな人柄であった。

剣一郎は考えすぎなのだろうとは思っていたが、まだ与五郎の死を受け入れられずにいる。

座棺が本堂から出て来て、僧侶を先頭に墓地へと向かう。

途中、三分咲きの梅の花に目を奪われた。剣一郎がはじめて川田与五郎と出会ったのも、今と同じような春先だった。与五郎の仕える御先手頭が火付盗賊改役に任命されると、家来の川田与五郎も火盗改役付きの与力として腕を振るった。

この時期、南町とは競い合ったり、手を組んで盗賊と闘ったりしていた。そのなかで、剣一郎は与五郎と誼を通じるようになったのである。ふたりの関係は、与五郎の仕える御先手頭が火付盗賊改役の任を解かれたあとも続いていた。

すでに大きな穴が掘られていた。寺男たちの手で、座棺は穴に収められた。

再び僧侶の読経がはじまる。

空の青さと読経の声にひとの世の無常がひしひしと感じられ、改めて与五郎のいなくなった悲しみを蘇らせた。

数日後、朝から吹き荒れていた乾（北西）の強い風は、昼を過ぎて嘘のように穏やかになった。

風烈廻り与力である剣一郎は同心の礒島源太郎と大信田新吾と共に見廻りに出ていたが、風が止んだのでようやく緊張を解いた。

「思ったより早く止みましたね」

礒島源太郎が明るい声で言う。

「やっと砂埃から逃れられます」

強風は乾いた土を舞い上げる。見廻りの間、何度も立ちどまって手で目を防がねばならなかった。

「髪も顔も埃まみれだ」

剣一郎は苦笑したあと、ふとここが麴町だと気づき、

「先に行っていてくれぬか。ちょっと寄りたいところがある」

供の若党や槍持なども源太郎や新吾といっしょに先に帰し、剣一郎は四谷にある御先手組の組屋敷に向かった。

川田与五郎の屋敷の玄関に立ち、訪問を告げた。すぐに、若い武士が出てき

た。

「これは青柳さま」

与五郎の倅の与一だ。誠実な性格を表わしたような四角い顔は父親にそっくりだった。

「先日はありがとうございました」

葬儀に参列してもらった礼を言う。

「近くまできたので、お線香を上げさせていただきたいと思いまして」

「ありがとうございます。父も喜びましょう。さあ、どうぞ、お上がりください」

「失礼いたす」

剣一郎は腰の刀を外し、右手に持って式台に上がった。

仏間に通された。大きな仏壇には灯明が上がり、線香の煙が立ち上っていた。

剣一郎は仏壇の前に進み、線香を手向け、手を合わせる。

(川田どの、やはり私にはあなたが酔っぱらってお濠に落ちたとはどうしても思えないのです。第一、あなたがお濠で用を足そうなどと……)

剣一郎は心の内で語りかけた。

（かといって、あなたは他人から恨まれるようなお方ではありません。また、いくら酔っていたとはいえ、喧嘩をするとは思えません）

いくら問いかけても答えが返ってくるはずもない。

剣一郎は仏前から離れた。

「青柳さま。どうぞ、こちらに」

与一が隣の部屋に招いた。

そこに与五郎の妻女が茶を載せた盆を持って現われた。

「青柳さま。ありがとうございます」

妻女は礼を言う。

「まだ信じられない気持ちです」

剣一郎は口を開く。

「はい。まだ、そこらで煙管をくわえているような気がいたします」

妻女はしんみり言う。

「あの夜、川田どのは朋輩のお方とお会いになっていたそうですね」

「はい。石井常次郎さまとごいっしょでした。石井さまと別れたあと、ひとりでお濠のほうに向かったようです」

「なぜ一緒に帰られなかったのでしょうか」

「酔い醒(ざ)ましに少し遠回りして帰ると言ったそうです」

「そうですか」

「石井さまも、ひとりで行かせるのではなかったと後悔しておられました」

妻女はやりきれないように言う。

「亡くなられる前、川田どのに変わった様子はありませんでしたか」

「特には……」

妻女は首を横に振り、伜の与一に顔を向けた。

「青柳さまは父の死に何か……」

と、不審そうにきいた。

「そういうわけではありませんが、私には川田どのが酔ってお濠に落ちたとはどうしても思えないのです。ましてや、お濠で小用など……」

「まさか、父は殺されたと?」

「いえ。そういうわけではありません。温厚(おんこう)な川田どのが他人から恨まれるはずもありません」

剣一郎はあわてて言い、

「ただ、川田どのの最期に納得しておきたいと思いまして」

「そうですか」

与一は思い切ったように続けた。

「じつは父はこの半年ほど、ときたま腹痛を訴えるようになりました。家族にも隠していましたが、かなり病が進んでいたのかもしれません。そのせいか、酒もめっきり弱くなっていたようです」

「与一が言うように、病は進んでいたと思います。あんなにがっしりした体格でしたのに、ずいぶん痩せてしまいましたから」

妻女が言う。

「私は、父は具合が悪くなりお濠に近づいたのだと思います。それで足を滑らせて……。青柳さまが仰るように、いくら酔っていたからとはいえ、お濠で小用を足そうとするはずありません」

「そうでしたか。よくわかりました」

剣一郎は大きく頷いた。

「石井常次郎さまのお屋敷はこの近くですか」

「はい。お寄りに？」

「ついでにお話をお聞きしようと思いまして」

剣一郎は石井常次郎の屋敷の場所を聞いて、川田家をあとにした。

石井常次郎の屋敷はすぐわかった。

玄関に立ち、声をかける。

用人らしき武士が出てきた。

「私は南町奉行所与力の青柳剣一郎と申します。石井常次郎さまにお目にかかりたいのですが、ご在宅でしょうか」

「南町の青柳さまでござるか。いったい、どのような？」

「先日お亡くなりになった川田与五郎どののことで、お話を伺いたく……」

「わかりました。少々お待ちください」

用人は奥に引っ込み、しばらくして戻ってきた。

「どうぞ」

「失礼いたします」

刀を外して、剣一郎は式台に上がった。

客間に通されてすぐに石井常次郎がやって来た。与五郎と同じくらい、五十前後に見える。川田与五郎の葬儀で顔を合わせたのを思い出した。

「青柳どのが訪ねてこられるとは驚いた」

「申し訳ありません」

「いや。で、与五郎のことで何か」

常次郎は訝しげにきいた。

「石井さまと別れたすぐあとに亡くなられたとお聞きし、そのときの川田どのの様子を知りたいと思いまして」

剣一郎は言葉を選んで切り出す。

「まさか、あのあとで与五郎にあんな悲劇が起きようとは」

常次郎は表情を曇らせた。

「あの夜、料理屋に行ったのは何かわけが？」

「久しぶりに呑もうと、与五郎から誘ってきたのだ」

「何かお話があったのでしょうか」

「隠居の話だ。家督を伜に譲って退こうと思っていると言っていた。お互い、まだ現役で頑張ろうと言っていたのに、自分だけ先に引退を決めたので、そのことの詫びを言いたかったようだ」

常次郎は答える。

「川田どのは、なぜそのようなことを？」

「体の具合が悪かったそうだ。この先、続けていく自信はなかったのだろう」

「で、その夜はかなりお呑みになられたのですか」

「いや、そうでもなかったが、与五郎はいい気持ちになっていたようだ。隠居を心に決めて、すっきりしたのであろう」

「では、何かで思い悩んでいるような様子はなかったのですね」

「悩み？　いや、そんなふうには見えなかった。そう言えば……」

常次郎が思い出したように、

「呑みながら、他人の空似か、と不思議そうな顔をしていた」

「他人の空似ですか」

「どうしたのだと聞いたら、何でもないと笑っていた」

「何かお心当たりは？」

「いや、すぐに話題も変わった」

「お店を出て、すぐ別れたのですね」

「帰り道は同じだが、与五郎は酔い醒ましに少し遠回りをして帰ると言った。ひとりになって、いろいろ考えたいのだろうと思い、そこで別れた」

常次郎はふっと大きく溜め息をつき、

「ついて行くべきだった」

と、自分を責めるように言った。

「川田どののお体の具合はどうだったのでしょうか」

「ときたま、激しい腹痛に襲われると言っていた。もがき苦しむほどの痛みだったそうだ。だから、与五郎がお濠に落ちて死んだと聞いたとき、自ら命を断ったのかとも思った」

「…………」

「わしにあとのことを託し、最期の別れを告げ、死んでいったのかとも。しかし、遺書もなく、それはないだろうと思った」

常次郎は苦い顔で言う。

「何者かに殺されたとは考えられませんか」

剣一郎は思い切ってきいた。

「殺される？　ありえん」

常次郎は言下に否定した。

「与五郎は他人から恨まれるような男ではない。誰かと揉めていたという話も聞いたことはない」

常次郎からも、与五郎の死に疑いを抱かせるような話は一切出てこなかった。

その夜、剣一郎は夕餉をとったあと、同心屋敷の坂上吹太郎を訪ねた。

玄関に立つと、あわてて吹太郎が飛んできた。

「青柳さま」

「夜分にすまない。少しよいか」

剣一郎は言う。

「お声をかけてくだされば、私のほうからお伺いしましたのに。どうぞ、お上がりください」

剣一郎は庭の見える部屋に通された。

「青柳さま」

妻女のお静が挨拶に来た。

「夜分に失礼いたす」

「いえ、どうぞごゆるりと」

「お静どの。すぐ引き上げますので、なんのお気遣いも無用です」

剣一郎は出て行くお静に言う。

「青柳さま。何か」

吹太郎は不安そうにきいた。

「いや、川田どのの件で確かめたくてな。あくまでも私事なので、こちらから出向いたのだ」

剣一郎は前置きをして、

「川田与五郎どのがどういう状況で見つかったのかを教えてもらいたい」

と、切り出した。

「はい。私が駆けつけたときには、亡骸は引き揚げられておりましたが、発見した自身番の番人の話では、お濠にうつ伏せで浮かんでいたそうです」

「自身番の番人が見つけたのか」

「はい。職人ふうの男が、お濠に誰か落ちたように見えた。調べてくれと訴えてきたそうです。それで、番人が駆けつけ、浮かんでいる川田さまを見つけたのです」

「知らせにきた職人は？」

「そのまま帰してしまったので、どこの誰かはわかりません」

「………」

気になったが、剣一郎は問いかけを続けた。

「亡骸に傷は？」

「額が割れておりました。転落したときに底の石に打ちつけたものと思われました」

「殺しの疑いは？」

「着衣に乱れはなく、紙入れもそのままでした。周辺に争った跡もなく、直前まで近くの料理屋で石井さまと酒を呑まれていたということで、誤って落ちたのだろうと考えました」

吹太郎は不安そうな顔で、

「青柳さま。何かご不審でも？」

と、きいた。

「いや、そうではないが、いくら酔ったとはいえ、川田どのがお濠に誤って落ちるかと気になったまでで」

「………」

吹太郎が押し黙った。

「どうした？」

「仰るとおりでございます」

　吹太郎が俯いて言う。

「どういうことだ？」

「石井さまとお話をしていて、川田さまは自ら命を断たれたのではないかと考えるようになりました」

「自死とな」

「はい。病に冒され、ときおり訪れる苦痛に悩んでいたそうにございます。その苦痛から逃れるために発作的に飛びこんだのかもしれないと。ただ、残されたご妻女やご子息のためを思い、私は不運な事故として……」

「しかし、川田どののほど立派なお方の最期を酔っぱらってお濠に落ちたとするのはいかがなものか。川田どのの体面は？」

「はい。その点も石井さまと相談しました。川田さまは持病があり、かなり痩せておられました。病のせいで酔いも激しくなったことにしようと」

「なるほど」

　剣一郎は頷いてから、

「殺しということは考えられなかったのだな」

と、確かめる。

「はい。それはありませんでした。ご承知のように、川田さまはとても温厚な方でございます。他人から恨まれるようなお方ではありません」

「確かにそのとおりだ」

剣一郎は首肯(しゅこう)してから、

「ところで、亡くなられる前、川田どのは他人の空似と呟いたらしい」

「他人の空似、ですか」

吹太郎は首を傾(かし)げた。

「いや、よけいなことをきいた。ちょっと気になったから確かめただけだ。殺しということは考えられぬ。気にしないでよい。夜分に邪魔をした」

剣一郎が立ち上がったとき、襖(ふすま)が開いてお静が入ってきた。

「青柳さま。川田さまの死に殺しの疑いがおありなのですか」

お静は眉根(まゆね)を寄せてきいた。ふたりの話をつい聞いてしまったのだろう。

「いや、わしの考えすぎだ。殺しを疑わせるものはなにもない」

剣一郎は答える。

「川田さまのおかげで私は吹太郎さまに嫁ぐことが出来ました。じつを言いますと、私も……。いえ、失礼いたしました」

お静はあわてて言う。

何を言いたかったのか。お静もまた与五郎の死に疑問を抱いていたのか。

養女にしてくれた川田与五郎のところへは、夫婦揃って盆暮れの挨拶は欠かさなかったと聞いている。お静も与五郎の死にざまに納得いかないものを感じていたのだろうか。

「川田どののことをいつまでも思い悩んでいても仕方あるまい。お静どのも早く気持ちを切り換えなさるように」

「わかりました」

「では、これにて」

吹太郎とお静に挨拶をして、剣一郎は引き上げた。

屋敷に戻ると、妻女の多恵と太助の笑い声がしていた。その楽しそうな声を聞いたとたん、それまでのもやもやした心持ちは強い風に吹き飛ばされたように消えていた。

二

扇蔵は二階の窓から外を見た。待乳山聖天の梅の花が夜目にも白く見える。

大柄な男が小走りにやって来て、建屋の軒下に消えた。怪しい人影がないのを確かめて、扇蔵は障子を閉めた。扇蔵は三十三歳、がっしりした体格は生来の荒々しさを垣間見せる。

浅草聖天町にあるそば屋『喜洛庵』の二階六畳間にはすでに九人の仲間が集っていた。扇蔵が一同と向かい合うように上座に座ると同時に、襖が開いて大柄な伊八が顔を出した。目尻がつり上がった険しい顔つきをしている。

「おそくなってすまねえ」

伊八は部屋に入って、扇蔵の脇に座った。三十二歳で、鈴鹿一味の十人の中では扇蔵に続く二番目の序列だった。

「何も問題はねえ。下男に念を押してきた」

伊八は告げた。伊八は雪駄問屋『但馬屋』の下男である三吉に金を渡し、手なずけていた。

「よし、明日は予定どおり決行だ」

扇蔵は一同を見回した。

「いいか。鈴鹿の扇蔵一味として最初の大仕事だ。抜かるんじゃねえ」

「へい」

一同が応じる。

「いよいよか、腕が鳴る」

千吉が昂った声で言う。三十一歳。不敵な笑みを浮かべるその顔は、眉が濃く、頬骨が突き出て、鋭い。

「そうだ、いよいよだ」

扇蔵は頷き、

「よし、もう一度、手筈を言う。明日の夜、五つ半（午後九時）に真行寺の本堂裏の納屋に集結だ。そこで着替える」

と言い、儀平の顔を見る。

「住職は、夜のお勤めは五つ（午後八時）に終わらせている。そのあと、門を閉めるから誰も入っちゃこねえ。納屋の裏手から入ってくれ」

儀平は、千吉と同じ三十一歳、鰓の張った四角い顔で律儀に応じる。

半年前から儀平は寺男として真行寺にもぐり込んでいた。

その納屋で黒装束に着替え、『但馬屋』に直行する。下男の三吉が裏口の錠（じょう）を開けている。そこから屋内に忍び込む。

「騒ぐ者は女とて容赦（ようしゃ）はいらねえ」

扇蔵は冷酷に口元を歪（ゆが）めた。

「終わったら、もう一度納屋まで戻って一夜を過ごす。朝になったら、参拝客を装（よそお）って堂々と出て行く。盗んだ金はほとぼりが冷めるまで隠しておく」

扇蔵は言い終えたあと、

「何かわからないことはあるか」

「いえ」

「よし。では、明日の夜、下男の三吉を始末するのを忘れるな。おめえの顔を知っているんだからな」

扇蔵は伊八に言う。

「わかってるぜ」

「よし。では、明日の夜、五つ半だ」

散会（さんかい）を告げ、皆が部屋を出て行ったあと、扇蔵は立ち上がって窓辺（まどべ）に寄った。

障子を開いて外に目をやる。

引き上げる手下たちを見送る。外に不審な人影は見当たらない。

扇蔵は皆の姿が見えなくなってから、部屋を出て階下に下りた。

「とっつあん。すまなかった」

扇蔵は亭主の万治（まんじ）に声をかけた。

万治は軽く頭を下げただけだった。

扇蔵は離れに引き上げた。

五年前まで、扇蔵は鈴鹿の伝蔵（でんぞう）という盗賊の子分だった。伝蔵には十人近い子分がいたが、当時扇蔵はまだ下っ端（したっぱ）だった。

伝蔵にはお銀（ぎん）という養女がいた。まるで浮世絵（うきよえ）から抜け出たようなとてつもない美人だったが、血も涙もない冷酷な女だった。扇蔵の知るかぎり、お銀の寝床に忍んでいった男がふたりほどいた。ふたりとも、喉（のど）を掻（か）き切られて死んだ。その死体を捨てに行くのは、扇蔵たち下っ端の役目だった。

五年前の冬、深川亀戸村（ふかがわかめいど）の羅漢寺（らかんじ）近くの隠れ家を、南町の捕り方に急襲された。扇蔵に伊八、千吉、儀平の四人が逃げ果（おお）せたのは、捕り方が下っ端には目もくれなかったからだ。一方、兄貴分の五人は捕まった。

扇蔵たち四人が田畑の中を闇雲に逃げていると、背後で炎が上がった。隠れ家が燃えていた。あとで、おかしらの伝蔵が娘のお銀を匕首で刺し、油を撒いて火を放ったと知った。

そして、捕まった兄貴分の五人は皆死罪になった。

逃げ果せた四人は誓ったのだ。おかしらの伝蔵やお銀、そして兄貴分の五人のためにも、鈴鹿の伝蔵一味を蘇らせるのだと。

この五年間で力を蓄えてきた。十分な働きを期待出来る若い者を集め、鍛えてきた。そして、いよいよ明日の夜、新しく生まれ変わった鈴鹿の伝蔵一味の歴史がはじまるのだ。

扇蔵は徳利の酒を湯呑みに注いで、昂る気持ちを楽しむように飲み干した。

まだ寒さの残る弥生（三月）の早朝、南町定町廻り同心坂上吹太郎は、押込みに遭ったという四谷塩町一丁目の雪駄問屋『但馬屋』に駆けつけた。

手札を与えている岡っ引き、麴町の欽三はすでに来ていた。

庭から廊下に上がる。その部屋では番頭が死んでいた。

「酷いことを」

「旦那(だんな)。殺されたのは番頭と手代(てだい)です。土蔵から千両箱がひとつ盗まれました」

欽三が話す。

吹太郎は合掌(がっしょう)して傷口を見る。匕首で胸と腹を一度ずつ刺されていた。

「二階で手代が」

吹太郎は二階に上がった。手代が同じく胸と腹を刺されて死んでいた。広間に奉公人たちが怯(おび)えたように固まっていた。

吹太郎は階下に戻り、主人夫婦と会った。鬢(びん)に白いものが目立つ主人は憔悴(しょうすい)したように座っていた。

「賊が侵入したときの様子を聞かせてもらいたい」

吹太郎が問いかける。

「はい」

主人は虚(うつ)ろな目を向け、

「寝入りばな、物音で目を覚ましました。そしたら、暗がりの中にひと影が……」

主人は怯えたように肩をすくめ、

「飛び起きたら、いきなり刃物を喉に突き付けられて、騒ぐなと」

隣で内儀も頷いた。

「それから土蔵の鍵を出せと。仲間が番頭を連れてきて、いきなり匕首で刺したんです。もう生きた心地もしなくて、言われるがままに鍵を……」

主人は悔しそうに言う。

「賊は何人だ？」

「部屋にいたのは四、五人でした。中に、頭目らしい男がいました」

「鍵を渡したら賊はどうした？」

「ふたりだけ残り、あとは部屋を出て行きました。しばらく経ってから、ひとりが何かを告げにきました」

「おそらく土蔵から千両箱を持ち出したと言いに来たのだろう。それで、賊はすぐ去ったのか」

「いえ、ひとりだけしばらく残っていました。四半刻（三十分）近く経って、朝までじっとしていろ、見張っているから動けば殺す、と」

「賊について何か気づいたことは？」

吹太郎はきく。

「なにぶん暗かったので顔はわかりません。声もわざと押し殺していて……」

主人は首を横に振る。

賊は最初に番頭を目の前で殺して見せ、主人夫婦に恐怖を植えつけて思い通りに従わせている。

また二階に上がった。

部屋の前で手代が倒れていた。

二十人以上の奉公人が、その部屋の中にいた。階下の台所近くに部屋がある女中たちもいっしょだった。

「そなたたちはなぜ二階に？」

吹太郎がきく、

「賊に二階へ上がれと言われたんです」

女中頭らしい女が青ざめた顔で言う。

「手代はなぜ殺されたのだ？」

「奉公人を一カ所に集めて、朝まで動くな、動けばこうなると言って手代を引きずり出して皆の前でいきなり……」

二番番頭が顔を引きつらせて言う。

「だから、朝まで動けなかったのか」

「はい。どこかに賊が隠れているような気がして、動けませんでした」

二番番頭が俯いて答えた。

ここでも恐怖を植え付け、言うことを聞かせたのだ。

吹太郎は再び階下に行き、

「賊の侵入口は?」

と、欽三にきく。

「塀を乗り越えた形跡はありません。裏口の錠を掛け忘れていたのか、それとも誰かが手引きしたのか」

欽三が答えたとき、小者がやってきた。

「庭の物置の傍で下男が殺されていました」

「なに、下男が……」

吹太郎と欽三は庭に出て、物置に向かった。

物置の脇に男が倒れており、匕首で喉を掻き切られていた。

「旦那、この下男が裏口を開けたのでは?」

欽三が言う。

「口封じで殺されたのだろう。この男のことを調べるのだ」

吹太郎が言う。

「へい」

「残虐な奴らだ、絶対に捕まえてやる」

吹太郎は怒りを抑えて言う。

そのとき、騒がしい声が聞こえた。

武士が三人、庭にやってきた。

「南町でござるか。我ら、火盗改でござる」

大柄な武士が吹太郎の前に出てきた。

「すでにここは南町が調べておりますので」

吹太郎はやんわりと引き取りを願った。

「凶悪な押込みのようだ。我らも捨ててはおけぬ」

「それは困ります」

吹太郎は強く言う。

「大事なのは、一刻も早く賊を捕らえること」

「仰るとおりです。失礼ですが、お名前は？」

「火盗改役大塚義十郎付きの与力長瀬長治郎。そなたは？」

「南町定町廻り同心の坂上吹太郎です」

「では、我らも入らせてもらう」

長瀬長治郎は同僚を促した。

なんと強引なのだと、吹太郎は憤然とした。

夕方に奉行所に戻り、同心詰所に行くと、朋輩の植村京之進も町廻りから帰ってきたところだった。京之進は日本橋、神田から下谷方面を受け持っている。

「押込みがあったそうだな」

同い年の京之進が声をかけてきた。

「三人殺され、一千両盗まれた」

「この一年ばかり、大きな押込みはなかったが……」

京之進は顔をしかめ、

「これを始めとして、まだ続くかもしれぬな。手掛かりは?」

「まだ、ないのだ」

吹太郎は言い、上役の年寄同心に報告するために同心詰所を出て、奉行所の玄関に向かった。

その夜、坂上吹太郎が八丁堀(はっちょうぼり)の屋敷で夕餉を済ませ、居間に戻ってから間もなく、妻女のお静がやって来た。

「麴町の欽三さんがいらっしゃいました」

「ここに通してくれ」

「はい」

お静が玄関に向かった。

すぐ戻って来て、

「庭に回られるようです」

「遠慮しおって」

吹太郎は苦笑して、立ち上がった。

お静が障子を開けると、庭から欽三と手下が濡縁(ぬれえん)に近づいてきた。

「どうぞ、お上がりを」

お静が声をかける。

「いえ、すぐお暇(いとま)しますから」

欽三が応じる。

「上がれ」

「いえ」

吹太郎は立ち上がって濡縁に出た。ふたりは庭先に立っていた。

「夜分にすみません」

欽三が頭を下げる。

「欽三さん、あとでお茶をお持ちしますね」

「とんでもない。ほんとうにすぐ引き上げますので、お気遣いなく」

欽三があわてて言う。

部屋を出て行くお静を見送り、

「御新造さんはいつまでもお若いですね」

と、欽三が感嘆して言う。

お鈴は二十七歳になる。所帯を持って五年。三歳の娘がいるが、いまだに娘のように初々しい。

「それより、何かわかったのか」

吹太郎が話を促した。

「へえ。下男の三吉のことですが、一年前に口入れ屋の世話で雇ったそうで、真面目によく働いていたということです」

「押込み一味が二年前から下男としてもぐり込ませているとは思えない。賊が三吉に金を握らせたようだな」

「へい。三吉の部屋を調べたら、三両隠してありました」

「そうか。やはり、三吉が錠を外したのに間違いなさそうだ」

「へえ、女中のひとりが、三吉が裏口を出たあたりで大柄な煙草売りの男とひそひそ立ち話をしているのを見たことがあると言ってました」

「煙草売りの顔は見ていないのか」

「見ていないようです。大柄な男だったとだけ」

「そうか」

「それから、賊はお濠沿いを逃げたと思われます。木戸番の男が、町木戸を閉める前に数人の男が出て行くのを見ていました。それが押込みの賊だという証はありませんが、刻限からいって間違いないかと。ただ、お濠沿いをどっちに行ったのかはまだわかりません」

「うむ。ごくろうだ」

欽三は何か言い淀んでいる。

「どうした?」

吹太郎がきく。

「へえ、じつは火盗改が『但馬屋』の店の者に、よけいなことを南町の者に喋らないよう言い含めているみたいです」

「なんだと」

吹太郎は顔をしかめた。

火盗改は強引な探索をする。少しでも怪しいと思えば、しょっぴいて拷問にかける。凶悪な賊を相手にするので、そんな手荒いやり方が許されているのだ。

しかし、それは無関係の者を巻き添えにしてしまう危険があった。

「三吉が会っていた煙草売りの男を見つけるために片っ端から似た男を捕まえ、女中に見せているとか」

「……わかった。明日、上役に言って、火盗改に抗議をしてもらう」

「へい。では、あっしらはこれで」

「待て。茶でも飲んでいけ」

「いえ。もう遅いので」

「まだ、宵の口だ」

「へえ。明日は朝から賊の逃げた道を探ってみます」

「わかった。塩町一丁目の自身番に居場所を伝えておいてくれ」

「へい」

欽三と手下は引き上げた。

お静がやって来た。

「欽三さんたち、もうお帰りなのですか」

「これから麴町まで帰らなければならないからな」

欽三の住まいは麴町四丁目にある。半刻（一時間）以上かかるだろう。わざわざここまで来たのは、火盗改への不満を訴えることが目的だったのかもしれない。それだけ悔しい思いをしたのだろう。

「欽三さん、何かあったのですか」

お静が訝しげにきいた。

「押込みの探索に火盗改が乗りだしてきて、南町と張り合う形になった。欽三はいやな思いをしたようだ。そのことを言いにきた」

「なぜ、火盗改はそんなに強引なことをなさるのでしょう」

お静が言った。

「火盗改は新しい御方に代わったばかりだ。新任早々に手柄を立てたいのではないかと上役が仰っていた。えてして、このようなときに間違った探索をしがちだ」

　吹太郎は苦い顔をした。

　川田与五郎が火盗改役付き与力だった頃の火盗改が懐かしいと、改めて与五郎に思いを馳せた。

　吹太郎は当番方の同心だった五年前、密告の投げ文を受け取り、当時江戸を荒らし回っていた鈴鹿の伝蔵を頭目とする盗人一味の隠れ家を見つけだし、上役に通報。さらに、火盗改役付き与力の川田与五郎らが応援に入り、吹太郎自身も定町廻り同心らとともに踏み込み、一味の主だった五人を捕まえた。

　しかし、肝心の頭目の鈴鹿の伝蔵は、その娘で鬼女と言われたお銀を自ら殺し、油を頭からかぶって火を放った。

　下っ端の四人に逃げられたが、これ以降鈴鹿一味による押込みはぴたっと止んだ。鈴鹿一味は壊滅したのだ。

　この功により、吹太郎は定町廻り同心に抜擢された。

　その事件から半年後、川田与五郎はお静を養女にして吹太郎のもとに嫁がせてくれたのだ。

吹太郎とお静は与五郎を偲(しの)んで、いつになくしんみりした夜を過ごした。

三

翌日の昼過ぎ、着流しに編笠(あみがさ)をかぶって、剣一郎は太助とともに麴町の料理屋『若松(わかまつ)』にやって来た。

まだ店は開いていない。剣一郎と太助は土間に入って、女将(おかみ)を呼んだ。

「これは青柳さま」

小肥りの女将が出てきた。

「ちょっと訊(たず)ねたい。川田与五郎どののことだ」

剣一郎は切り出す。

「はい。まさか、あのようなことになろうとは……。うちからの帰りだったということで、私どもも心を痛めております」

「あの夜は石井常次郎さまとふたりで来られたのだな」

「はい。お二方とも、ずいぶん楽しそうに語らっていらっしゃいました」

「その日は客で立て込んでいたのか」

「いえ、半分ほどでした」

「その中で、はじめての客はいたか？」

「はい。三組いらっしゃいました」

「どのような客だ？」

「ご年配の夫婦。そして、職人の親方と弟子。それから、商人ふうの男の方が四人」

「商人ふうの男は皆いくつぐらいか」

「三十から三十二、三歳ぐらいでしょうか。がっしりした体格のお方が三十二、三。大柄でつり目のお方がその下ぐらい。あとは鰓の張った四角い顔のお方と、もうひとりは……。そうそう、太い眉で頬骨の出た方でした」

女将はよく見ていた。

「どうして、そんなに覚えているのだ？」

「じつは四人のお方、柔らかい物腰でいらっしゃいましたが、皆さんときおり鋭い目つきになることがあって……」

「鋭い目つきになる？　たとえば、どんなときか覚えているか」

「そうですね。女中が部屋を出るとき、下げた器を落として激しい音がしたんです。そのとき、皆さん険しい表情になって……」

　女将は思い出して言う。

「で、その四人と川田どのが顔を合わせることはなかったか」

「いえ、お部屋は離れておりましたから」

「厠(かわや)ではどうだ？」

「厠ですか」

「客は同じ厠を使うのであろう」

「はい」

「では、厠で鉢合わせすることも考えられるな」

「そうでございますね」

「で、その四人が引き上げたのは、川田どのが帰る前かあとか」

「川田さまと石井さまが引き上げて、ほどなく四人はお帰りになりました」

「その後、その四人はここには？」

「お見えになっていません」

「名前はわかるか？」

「いえ、うかがっておりませんで」

「もしもう一度会ったら、顔はわかるか」

「四人いっしょだったらわかるかもしれませんが、ひとりずつだとわかるかどう
か自信がありません」

「もし、四人がまたくるようなことがあったら、知らせてもらいたい」

「わかりました」

「邪魔をした」

剣一郎は腰を上げた。『若松』の外に出てから、太助がきく。

「青柳さま。何をお考えですか」

「四人のうちの誰かが川田どのの知り合いに似ていたのではないかと思ってな」

石井常次郎によると、与五郎は他人の空似かと呟いていたという。

店を出てから、与五郎は石井常次郎と別れ、その四人が出てくるのを待ってい
たのではないか。

そんな想像を巡らせたが、何の証もないことだ。それに、その四人がどこの誰
かも知れず、これ以上調べることは無駄(むだ)かもしれない。

「青柳さま。四人を探してみましょうか」

太助が言う。

「手掛かりはほとんどないと言っていい。それに、見つけ出せたとしても、四人が正直に話してくれるとは思えぬ」

「でも、探すだけ探してみます」

太助は剣一郎の役に立てることがうれしいのだろう。

「そうか。では、やってもらおう」

「はい」

太助は弾んだ声で答えた。


翌日も、坂上吹太郎は賊がお濠沿いを逃げたとみて、その方面の探索を続行させたが、お濠沿いからどちらに行ったのかわからなかった。

さらに日を重ねても、『但馬屋』の押込みの探索はまったく進展しなかった。

下男の三吉に接触していた大柄な男の手掛かりはなく、火盗改役付き与力の長瀬長治郎と現場近くで顔を合わせるたびに、吹太郎は焦燥感に包まれた。

町奉行所と火盗改とは探索の仕方が違う。なにしろ、火盗改は怪しいと思ったら強引にしょっぴき、役宅で拷問にかけて口を割らせようとするのだ。これまでにも三人の男がしょっぴかれている。いずれも、ひと違いだったとしてすぐ解き放たれたが、この火盗改の強引な手法に対して、吹太郎のほうはひとつひとつ証拠を積み重ねていくしかなかった。

火盗改のほうが無辜の者を罪に貶める危険はあっても、早く核心に近づけるに違いない。そんな危機感を持ちながら、探索を続けていた。

押込みから七日後、新たな目撃者が見つかった。木戸番の男が町木戸を閉める前に数人の男を見ていたが、呑んで帰ってきた職人がその男たちと擦れ違っていて、中に大柄な男がいたことを覚えていた。

その男が下男に接触した男だとしたら、木戸番や職人が見た数人の男は盗賊一味であることが間違いないように思えた。

その日、吹太郎と欽三は、急に金遣いの荒くなった男がいないか調べるために、深川門前仲町の盛り場に向かった。

永代橋を渡りかけたとき、橋の真ん中あたりに突然浮かび上がるように現われた一行と遭遇した。

火盗改の長瀬長治郎と配下の同心らしいふたりの侍が、遊び人ふうの大柄な男をしょっぴいていくところだった。

「長瀬さま、この者は?」

近づいてから、吹太郎は声をかけた。

「『但馬屋』の下男の三吉に繋ぎをとっていた男だ」

長瀬長治郎は勝ち誇ったように言う。

「えっ」

吹太郎は驚いた。

「違う。なんのことか、俺にはわからねえ」

遊び人ふうの男が騒いだ。

「なぜ、この男が下手人の一味だと？」

吹太郎は長治郎にきいた。

「この男は霞の東介一味の者だ」

「霞の東介？」

「そうだ。一年前にも芝で押込みを働いた一味だ。前任の火盗改から引き継ぎ、我らが探索していたのだ」

「芝の押込みが霞の東介一味の仕業だと、どうしてわかったのですか」

「奉公人が賊の頭目の首から胸元にかけての刀傷を見ていた。東介には若いころに斬られた傷があるというのは、他の盗人から聞いていた」

「では、最初から『但馬屋』の押込みも霞の東介一味の仕業だと？」

「そういうことだ。これから、この者の口を割らせる」

そう言い、長瀬長治郎の一行は駿河台の役宅に向かった。

「旦那、あの与力、ずいぶん自信がありそうでしたね」

欽三が悔しそうに言う。

「俺も朋輩にきいてみるが、霞の東介について裏稼業の者たちに当たって調べてくれ」

「へい」

十手をあずかる前の欽三は深川の盛り場で強請りなどをしていた男で、今でも裏の者たちから目ぼしい話を聞きだしてくる。

夕方、吹太郎は奉行所に戻った。

同心詰所に入って行くと、植村京之進がすでに戻っていて、座敷の上がり框に座って茶を飲んでいた。

「京之進」

吹太郎は正面に立って声をかける。

「どうした？　そんな怖い顔をして」

京之進が呆れたような表情をした。

「教えてもらいたいことがあるのだが」

「なんだ？」

「霞の東介のことだ」

吹太郎はまっすぐ京之進の顔を見て言う。

「霞の東介？」

「じつは、火盗改の与力長瀬長治郎どのが、『但馬屋』の下男を丸め込んだとして霞の東介一味の男を捕まえた」

「『但馬屋』の押込みは、霞の東介一味の仕業だと見ているということか」

「そうだ。霞の東介は一年前に芝で押込みを働いたそうだが？」

「芝神明町の仏具屋に押し入った。確か、奉公人をふたり殺し、七百両を盗んだ。当時火盗改が探索に乗りだしたが、捕まえることは出来なかった。押込みのあと、すぐに江戸を離れたのだろう」

京之進は話してから、

「確かに、押込みの手口は霞の東介一味を彷彿とさせるが……」

と、首を傾げた。

「何か」

「霞の東介なら押込みの後、すぐに江戸を発つはずだ。一味の者がまだもたもた江戸に残っていたとすれば、いつもと違う」

「しかし、捕まえた男は霞の東介一味に間違いないと、火盗改与力の長瀬どのは自信をお持ちのようだった」

「そうか」

京之進は首を傾げたが、

「ともかく、火盗改の動きに関わりなく、そなたは独自に探索を進めたほうがいい」

と、忠告した。

「そうだな。そうしよう」

吹太郎は応じた。

数日後、吹太郎と欽三は神田駿河台にある火盗改役大塚義十郎の役宅を訪れた。

長屋門の門番所に行き、与力の長瀬長治郎を呼んでもらった。

押込みから半月近く経とうとしていたが、手掛かりはつかめなかった。吉原やその他の岡場所、深川や向島の料理屋などで派手に遊んでいる客を洗ったが、怪しい者は見つけ出せなかった。それで、火盗改与力の長瀬長治郎が捕らえた男のことが気になったのだ。もしかしたら、すでに自白させているかもしれない。

やっと潜り戸から、長治郎が出てきた。

「例の男、いかがですか」

吹太郎はいきなりきいた。

「しぶとい。まだ、口を割らん」

長治郎は憤然と言う。

「ずいぶん経ちますが」

「必ず、白状させる」

「その男に間違いないのですか」

吹太郎は改めてきいた。

「『但馬屋』の女中に首実検をさせた。似ているようだと言っていた」

「仲間が捕まったとなれば、霞の東介らは姿を晦ましてしまうのではありませんか」

「男が口を割れば、問題はない」

長治郎は言ってから、

「そのことを探りにきたのか」

「どういう状況か知りたかったのです」

長治郎は難しい顔をして、

「あの男は……」

と、言いかけた。

「いや」

長治郎は首を横に振った。

「なんでしょうか」

「なんでもない」

そう言い、長治郎は屋敷に戻っていった。

長瀬の言動が気になりながら、吹太郎と欽三は、四谷塩町一丁目の雪駄問屋『但馬屋』に向かった。ようやく店を開け、徐々に商売も持ち直してきているようだった。

吹太郎は下男が大柄な煙草売りと会っているのを見たという女中を呼び出した。

「火盗改の与力から頼まれて、捕まった男の顔を確かめたそうだな」

吹太郎はきく。

「はい」

「下男と会っていた男に間違いはなかったのか」

「………」

「どうなんだ?」

「似ているようでもあり、まったく違うようでもあって」

「火盗改の与力の言うには、そなたが似ていると言ったと」

「違います。そんなことは言っていません。ただ、似ているんだなと強くきかれましたが、はっきりしないので黙っていたんです。そしたら、似ているということになってしまって」

「実際はどうなんだ?　似ているとは言えないんだな」

「わからないんです……」

女中は泣きそうな顔になって、

「あのひと、どうなるのでしょうか」

と、きいた。

「いや、あとは火盗改の問題だ。そなたは気にしなくていい。ただ、火盗改からもう一度きかれたら、はっきり答えるのだ。違うなら違う、わからないならわからないとな」

「はい」

女中は俯いて答えた。

『但馬屋』をあとにしてから、

「火盗改は関係ない男をしょっぴいたんじゃないですか。それじゃ、いくら拷問にかけたって答えられるはずありませんぜ」

と、欽三が吐き捨てるように言った。

「火盗改の連中はそうは思っていない。強靱な胆力の持ち主だと思い込んでいるのだ。始末に負えん」

吹太郎は憤然となった。

「このままでは、殺されてしまいますぜ」

欽三が訴える。

「俺ではどうしようもない」

吹太郎は胸を掻きむしるように言ったあと、

「よし、青柳さまに相談してみる」

と口にしたが、いかに青痣与力とはいえ、火盗改に口出しは出来まい。競い合っている相手からの忠告に、火盗改もかえって反発を覚えるかもしれない。

それより、青痣与力をよけいなことに巻き込んでしまうことになる。吹太郎は戸惑いながらも、縋るとしたら青痣与力しかいないのだと思った。

四

翌日、剣一郎は駿河台の旗本大塚義十郎の屋敷に赴いた。町奉行所とは違い、任ぜられた旗本の屋敷が役宅となる。大塚は半年前に火盗改役に就いていた。

それに伴い、吟味席やお白州も屋敷内に設え、仮牢も用意されて、先日捕まえた男もそこに入っているのだ。

剣一郎は門番に近付き、

「南町奉行所与力、青柳剣一郎と申します。与力の長瀬長治郎どのにお会いしたいのですが」

と、申し入れた。

「青柳さまですか。少々お待ちください」

門番はすぐ奥に向かった。

前任の火盗改が解決出来ないまま解任となり、御先手頭の大塚義十郎が半年前に火盗改に就いたので、一年前に芝で押込みを働いた霞の東介一味の探索はそのまま大塚義十郎が引き継ぐことになった。

早く結果を出したいと、逸(はや)る気持ちは理解出来るが、焦るととんでもない落とし穴にはまる恐れがある。

南町の者からのこんな忠告を火盗改が聞き入れるはずはないが、それでも伝えておかねばならない。ひとひとりの命がかかっているのだ。

さっきの門番が戻ってきた。

「お会いになるそうです。どうぞ、玄関までお進みください」

「かたじけない」

剣一郎は潜り門を入って玄関に向かった。

玄関に入ると、大柄な武士が待っていた。三十半(なか)ばで、太くて濃い眉に大きな目はいかつい顔とあいまって、下手人らを震えあがらせるだろう。

「青柳どのでございますか。長瀬長治郎でござる」

「お初にお目にかかる。南町……」

「いや」

　長治郎は片手を上げ、剣一郎の声を制し、

「青柳どののご高名は伺っております」

「恐れ入ります」

「どうぞ、お上がりください」

「まだ、用件をお話ししておりませぬが」

「用件はわかっております。さあ、どうぞ」

「では」

　刀を背後にいた若い侍に預け、剣一郎は長治郎のあとに従い、玄関脇の小部屋に入った。差し向かいになって、

「長瀬どの。どうして用件がわかったのでしょうか」

　と、剣一郎はきいた。

「坂上吹太郎という同心が当屋敷まで私を訪ねてきて、下男と接触した男のこと

をきいてきました。我らに先を越されたことに焦っていたようなので、青柳どのに泣きつき、また、青柳どのも黙って見過ごすことはしまいと思ったのでございます」

「なるほど」

剣一郎は感心して言う。

しかし、だからと言って、剣一郎を素直にここまで引き入れる必要はないはずだ。

「それにしても、なぜ、私をここまで通されたのでしょうか。追い返してもよかったはずでは？」

剣一郎は重ねて訊いた。すると、微かに長治郎の表情が曇った。

「なるほど。そういうわけでございましたか」

剣一郎は微笑んだ。

「なにがでござるか」

長治郎は不審そうな顔をした。

「捕まえた男のことを、持て余しはじめているのではございませんか」

「そんなことはありません」

長治郎は厳しい顔で否定した。

「厳しい拷問にも口を割らないそうではありませんか」

「しぶとい男です」

「下男に接触していた男に間違いないのですか」

「…………」

「やはり、疑問を持ちはじめたのですね」

剣一郎は長治郎の顔色を読んだ。

「いや、そうではありません。ただ、なかなかしぶとく、このまま拷問を続けても決して喋りそうもないと……」

「その男の名は？」

「冬吉（とうきち）です」

「冬吉の住まいは？」

「北森下町（きたもりしたちょう）の幸兵衛店（こうべえだな）に住んでいました」

「いつからですか」

「半年前からのようです」

「冬吉はなにも喋らないのですか」

「知らないの一点張りです。しかし奴は、霞の東介一味かもしれないと、以前から目をつけていた男でした」

「冬吉は大柄なのですね」

「そうです」

「だから、冬吉が下男に接触した男と考えた、と」

「まあ、そうです」

「おそらく、この先も喋らないでしょう。拷問に耐えきれずに命を落とすかもしれません。いや、それより、自死を選ぶかも」

「自死……」

長治郎ははっとした。

「思い切って解き放ってはいかがですか」

「解き放てですと？」

「そうです。泳がせるしかありません。このままでよいことはないでしょう。これ以上拷問を続ければ、責め殺すことになるか自死しかありません。霞の東介一味かもしれないのなら、なおさら死なれてはなりません」

「…………」

「ほんとうはあなたも解き放ちたいのではありませんか」

剣一郎はきいた。

「しかし、他の方々は反対している。そこで、私が乗り込んで来たことを利用して……」

「ご明察（めいさつ）どおりにございます」

長治郎はすぐに応じた。

「私は解き放ちを進言しましたが、誰も聞き入れてくれません。青柳どのが乗り込んでくれたことでいい口実が出来ました。青柳どのも解き放ちを申し入れてきた。それなのに、このまま留め置き、冬吉に死なれでもしたら、火盗改の失態を喧伝（けんでん）されてしまうと」

「私は失態を喧伝するような真似（まね）はいたしませぬが、それで考えが変わるのなら、そのように利用されても構（かま）いません」

剣一郎は鷹揚（おうよう）に言う。

「では、そのようにさせていただきます」

「冬吉の様子を見せていただくわけにはまいりませんか」

「申し訳ありません。流石（さすが）に、奉行所のお方をそこまでお通しするわけにはまいりません。どうか、ご容赦を」

長治郎は頭を下げた。

「では、解き放つときに、外から冬吉を見てみます。刻限を教えていただきたい」

「わかりました。解き放ちと決まったら、すぐにお知らせにあがります」

そう約束をとりつけて、剣一郎は腰を上げた。

翌日の朝四つ（午前十時）、剣一郎は坂上吹太郎とともに、火盗改の役宅を見通せる場所に立っていた。

昨夜、八丁堀の屋敷に長瀬長治郎の使いがやってきて、冬吉解き放ちの刻限を教えてくれたのだ。

門の前には長屋の大家（おおや）だろう年配の男と、店子（たなこ）らしい男が迎えに来ていた。

やがて、潜り門が開いて、武士が現われた。そのあとから、長瀬長治郎が大柄な遊び人ふうの男を引き連れて出てきた。

冬吉は鋭い顔をした男だ。やつれが目立ち、足を引きずっているが、弱っている様子はない。

大家と店子の男が冬吉に近づいた。

「激しい拷問を受け続けたはずだが……」

冬吉の強靱な体力に、剣一郎は驚きを隠せなかった。

冬吉は大家と店子の男と共に引き上げていく。長治郎たちが見送った。

「やはり、ただ者ではありませんね」

吹太郎が冬吉を睨みつけながら言い、

「我らが手出し出来ないのが無念です」

と、溜め息をついた。

冬吉の監視は火盗改が受け持ち、南町は黙って見ているだけだった。

「冬吉が捕まってから今日まで、仲間の動きはない。おそらく、これからもないに違いない」

「なぜでしょうか。仲間はこの様子をどこかで見ているのではありませんか」

「当然、見張りがつくことは冬吉も仲間も織り込み済みのはずだ。少なくともしばらくの間は仲間が近づくことはない」

見張られていることを承知しながら、冬吉が不用意な真似をするとは思えない。

「長瀬どのの話では、霞の東介一味のひとりではという疑いでずっと見張っていたそうだ。あの眼光の鋭さと不敵な面構え。見張られていたことに気づかなかったとは思えない。見張りの目を盗んで、煙草売りの姿になって下男に近づくという危険を冒すだろうか」

「冬吉は『但馬屋』に押し入った賊の仲間ではないと？」

「違うような気がする。しかし、霞の東介一味ということは十分にあり得る。あの面構え、かなりの修羅場を切り抜けてきた迫力がある。その点においては、長瀬どのの目は確かかもしれぬ」

遠ざかって行く冬吉の背中を目で追いながら、剣一郎は口にした。

「これで、『但馬屋』の押込みの探索もますます苦しくなってきます」

「そのことだが……」

剣一郎は冬吉が去った方向に歩きだしてから、話しはじめた。

「五年前、鈴鹿の伝蔵一味を壊滅させたのは、そなたの活躍が大きかったが、川田どのの助力もあったな」

「はい。当時火盗改だった川田さまといっしょに、鈴鹿の伝蔵一味の隠れ家に踏み込みました」

「そのとき、かしらの伝蔵は娘のお銀を殺し、油をかぶって自ら火を付け焼死したが、兄貴分に当たる主だった者は捕縛した」

「はい。川田さまと主だった者を先に捕まえると打ち合わせていました。なにぶん捕り手の数が少なかったもので。若い手下には逃げられてしまったのが残念でなりません」

「じつは、川田どのは、同輩の石井常次郎さまに他人の空似かと漏らしていたそうだ」

「他人の空似？」

吹太郎はきき返す。

「誰のことを言っているのかはわからぬ。じつは、そなたの調べを疑うわけではないが、わしは川田どのの死にざまにどうしても納得がいかず、石井さまといっしょだったという料理屋の『若松』に行ってみたのだ」

川田与五郎が死んだあの夜、『若松』の厠などで誰かと出会ったのかもしれないと話した。鋭い目つきを見せた四人の一見客のことも。

「川田どのは店を出たあと、石井さまと別れている。ほんとうは『若松』で出会った男の顔を確かめるために残ったのではないか」

「では、川田さまは……」

　吹太郎の声が震えた。

「あくまでも勝手な想像だ。仮に、そうだとしたら、『若松』で出会った男というのは誰か。他人の空似というのは誰に似ていたのか」

「鈴鹿の伝蔵一味の逃げた手下……」

　吹太郎は怯えたように口にする。

「勝手な憶測に過ぎぬが」

「鈴鹿の伝蔵一味の主だった者が皆死罪になったあと、川田さまにお会いしました。そのとき、隠れ家急襲の際に手下のひとりを追い詰めながらも逃がしてしまったと、川田さまが悔やんでいらっしゃいました」

　吹太郎ははっとして、

「もしや、その四人が『但馬屋』の押込みに関わっているのでしょうか」

「断定出来ぬが、手詰まりになっているなら、その四人を調べてみても無駄ではなかろう。四人については『若松』の女将がよく覚えていた」

「わかりました。さっそく」

　吹太郎は勇んで応えた。

だが、四人の行方はわからないまま、いたずらに日を重ねた。

五

塀越しに見える武家屋敷の庭の桜は三分咲きだ。春の匂いを運ぶそよ風が、坂上吹太郎の鬢を撫でるように吹いた。

四谷塩町一丁目『但馬屋』の押込みからひと月が経とうとしていた。きょうも吹太郎は、欽三と手下の春吉と共に、麹町の料理屋『若松』に現われたという四人連れの客の探索に歩き回っていた。

あれから、四人の客は『若松』に来ていない。四人の行方を追って聞き込みをかけたが、ひと月近く前のことでもあり、誰も覚えていなかった。

吹太郎は四人が鈴鹿の伝蔵一味の下っ端の者たちだったのではないかという剣一郎の想像に衝撃を受けた。

あれから五年。逃げ延びた連中が新たな仲間を集め、鈴鹿の伝蔵の後を継いだ盗賊として蘇ったのではないか。

「旦那。四人が『若松』に現われたのは『但馬屋』の押込みの前ですね。四人は

『但馬屋』の様子を探った帰りに『若松』に寄ったんじゃないですかね」

欽三が口にした。『但馬屋』のある四谷塩町と麴町の『若松』は目と鼻の先だった。

「次の狙いが別の場所だとしたら、もうこっちには足を向けることはないか」

吹太郎も顔をしかめた。

「へえ。これだけ探しても手掛かりがなく、『若松』にもあれ以来来ていないところを考えれば、四人はもっと遠いところに住んでいるんじゃないですか」

「そうなると、お手上げだな」

吹太郎は弱気になった。

井伊家の前を通る。右手は紀井家の長い塀が続いている。昼下がりだが人通りは少ない。たまに武士や中間とすれ違う。

井伊家の角までやってきたとき、前方に見える辻番所で男が何かわめいていた。死んでいるという叫び声を聞いて、吹太郎は近づいて声をかけた。

「何かあったのか。俺は南町の者だ」

「たいへんです、ひとが死んでいます」

「どこだ？」

「こちらです」

「お任せします」

辻番所の番人が吹太郎に言う。

「おまえさんは？」

歩きながら、欽三がきいた。

「はい。麹町にある足袋屋の手代です。尾張さまのお屋敷に出入りをしております。死んでいるのは、あの銀杏のところです」

吹太郎は銀杏の樹のそばに駆けつけた。

男が足を投げ出して樹の根元に寄り掛かっていた。まるで酔っぱらって銀杏の樹の下で寝入っているようだった。その男の首は垂れ、両手もだらりとしている。男の胸から黒いものが滲んでいる。

男は三十過ぎ。眉が濃く、頬骨が突き出て、鋭い顔つきだった。

「旦那、死んでまだ間がありませんね」

欽三がしゃがんだまま言う。

「せいぜい半刻（一時間）ってとこだ」

吹太郎は亡骸を見つめて応じる。

「すると、八つ（午後二時）ごろですね」

欽三は呆れたように、

「いくら人通りがないとはいえ、真っ昼間に殺しをするなんて大胆な奴ですね」

ここは紀尾井坂だ。片側に紀州藩中屋敷と井伊家中屋敷、反対側に尾張藩中屋敷の長い塀が続いている。

「心ノ臓をひと突き。下手人はかなりの手練れだ。ホトケも堅気とは思えない」

ホトケは商人のような格好だが、どこか崩れた感じがする。右手だけが節くれだった太い指をしている。

欽三はホトケの懐を探った。

巾着を引っ張り出す。小銭の他には何も入っていなかった。煙草入れにも手拭いにも特に特徴はない。

「あとで話をきいてみよう」

吹太郎は尾張家の表長屋の窓を見上げた。勤番武士が何か見ていたかもしれない。

「さっきの辻番所の番人に、この男の特徴を伝え、見かけたかきいてくるのだ」

吹太郎が言うと、

「へい」

と、春吉が答えて走って行った。

「足袋問屋の手代は？」

吹太郎は振り返る。

「あそこにいます」

死体を発見した手代は待っていた。

吹太郎と欽三はその手代に改めてきいた。

「見つけたときの様子を教えてもらおうか」

欽三が言う。

「はい。私は尾張さまのお屋敷を出て麴町に向かいました。尾張さまのお屋敷の塀に沿って歩いていて、銀杏の樹に寄り掛かっている男のひとが目に入ったんです。昼間から酔っぱらって寝入ってしまったのかもしれないとそのまま行き過ぎましたが、気になって引き返してみたんです」

「なにが気になったのだ？」

吹太郎がきく。

「はい。体の格好が不自然に思えたのです。寝るにしては苦しそうだなと」

「お屋敷を出たのは何時だ？」

「八つを四半刻（三十分）ほど過ぎていました」

「四半刻か。殺されたのは八つ前後だ。そなたの前には誰も通らなかったとは思えぬが」

「おそらく、酔っぱらいと思って、そのまま行ってしまったのかもしれません」

手代は想像を口にする。

「逃げて行く者や様子のおかしい者は見ていないのだな」

吹太郎は確かめる。

「はい。あたりには誰もおりませんでした」

「そうか」

やはり、殺されたのはもっと前だ。

そこに春吉が戻ってきた。

「ホトケの特徴を言いましたが、辻番所の番人は見ていないそうです。ホトケは反対方向からやって来たと思われます」

「怪しい人物は見なかったか」

欽三がきく。

「へえ、八つ前後からは供を連れた武士、僧侶、髪結いの女などが通ったと言ってましたが、怪しい者はいなかったそうです」

「そうか。誰かがホトケを見ているはずだ。目撃した者を探すと同時にホトケの身許を明らかにするのだ」

　吹太郎は欽三に言う。

　平川町一丁目にある平川天神境内の水茶屋で、扇蔵は焦れていた。千吉がまだやって来ない。

　八つ過ぎという約束だった。すでに、八つ半（午後三時）は過ぎているだろう。

　行商人の男が店に入ってきた。少し離れて緋毛氈を敷いた床几に腰を下ろした。

「婆さん、甘酒をもらおうか」

「はい」

　婆さんは、釜から甘酒を湯呑みに汲んでもってきた。

「すまねえ。なんだか、殺されたホトケを見たせいか、喉が渇いた」

商人は呟きながら湯呑みを受け取った。

扇蔵は聞きとがめ、

「もし」

と、声をかけた。

「私ですか?」

商人は顔を向けた。

「今のお話ですが、殺しがあったのはどこでございますか」

「すぐ先の紀尾井坂です。三十歳ぐらいの男のひとが殺されていました」

「そうですか。すみません」

扇蔵は煙管を煙草入れに仕舞い、銭を置いて立ち上がった。

「ここに置きますすよ」

扇蔵は婆さんに言い、水茶屋を出た。

紀伊家の屋敷前を過ぎると、尾張家の塀際に立っている銀杏の樹の近くに人だかりがしていた。

扇蔵は野次馬越しに前を見た。同心の顔が目に入って、思わず顔色を変えた。坂上吹太郎だ。

「坂上、今にみてろ」

扇蔵は坂上への恨みを蘇らせて吐き捨てた。

が、今は坂上にかかずらっている場合ではなかった。莚(むしろ)をかけられているホトケに目をやった。

莚から手足が覗(のぞ)いていたが、顔はわからない。戸板が運ばれてきて、小者たちがホトケを戸板に載せた。

戸板を四人がかりで持ち上げ、大八車まで運んで行く。

大八車に載せるとき、莚がずれ、ホトケの顔が見えた。思わず、扇蔵は声を上げそうになった。千吉だった。

いったい誰が千吉を……。なぜ、千吉は殺されなければならなかったのか。頭が混乱している。

「喧嘩でしょうか」

扇蔵は近くにいたふたり組の職人の男に声をかけた。

「ホトケは心ノ臓を刺されて死んでいたみたいだ。揉めているような騒ぎは、お屋敷のお侍も聞いていなかったってよ」

扇蔵は表長屋の窓を見た。ところどころの窓から顔が覗いていた。

「ホトケの身許もわかっていねえからな」

植木職人らしい男が応じた。

扇蔵は礼を言い、その場を離れた。


その夜、扇蔵は浅草聖天町にあるそば屋『喜洛庵』二階の六畳間に、仲間を呼び集めた。全部で九人だ。

「皆、集まったか」

扇蔵は一同を見まわした。

「まだ、千吉が来ていません」

扇蔵の右腕である伊八が口にした。

「珍しいこともあるな。千吉はいつも一番に来ているのに」

伊八が不思議そうに言う。

「千吉は来ない」

扇蔵は憤然と口を開いた。

「来ない？　どうかしたんですかえ」

伊八が顔をしかめ、

「まさか、女中に気づかれたわけじゃ……」

「千吉は死んだ」

「死んだ？」

伊八は急に笑いだし、

「おかしら。こんなときに変な冗談はやめましょうぜ」

と、たしなめるように言う。

「冗談じゃない。殺されたんだ」

「殺された？」

伊八の顔色が変わった。一同もざわついた。

「どういうことですか」

儀平が身を乗りだした。

「平川町の待ち合わせ場所に、いつになっても来なかった。そしたら、紀尾井坂で心ノ臓を刺されて死んでいた」

扇蔵はそのときの様子を語った。

「いってえ、誰が？」

伊八が声を震わせ、

「それにしても、なぜ千吉は紀尾井坂なんかに」

と、疑問を口にする。

「わからねえ。あの道を通るはずねえ」

扇蔵もわからない。待ち合わせ場所に来るのに、なぜ紀尾井坂を通ったのか。

「誰かといっしょだったんでしょうか」

儀平がきく。

「わからねえ」

扇蔵はやりきれないように首を横に振る。

「仕事が近いのに喧嘩をするとは思えねえ。それに、あの千吉がそんなに簡単に殺(や)られるなんて信じられねえ」

伊八は悔しそうに拳を強く握りしめた。

「下手人は鈴鹿一味の者と知っていて千吉を襲ったのか、単に千吉と何らかの理由で揉めただけなのか」

扇蔵は深い溜め息をついて、

「ともかく、千吉がいなければ明日は無理だ」

「ちくしょう」

益三ががっかりしたように言う。

麴町にある足袋問屋『美濃屋』に押し込む手筈になっていた。千吉は小間物屋として『美濃屋』の勝手口に通っていて、女中を手なずけていた。

きょうは千吉とともに『美濃屋』に行き、最後の確認をし、明日の夜には押し込むつもりだった。

「ともかく、千吉が誰に殺されたのかはっきりするまで、『美濃屋』の件は延期だ」

「おかしら」

益三が口をはさんだ。

「せっかく皆もその気になっているんです。千吉兄い抜きでやってもいいんじゃないですかえ。女中に頼らず、『美濃屋』に入り込む手立てはあるはずです」

益三は若い連中を代表するように言う。

「いや、下手人がわからないままだと危険だ。殺した奴が千吉のことを調べ上げていたら、俺たちのやろうとしていることは筒抜けかもしれねえ」

伊八が首を横に振って言った。

「そうですね」

益三は素直に引き下がった。

「誰か千吉のことで何か知らないか」

扇蔵は一同の顔を順番に見ていく。

「伊八、何か心当たりはないか」

「いえ、ありません。千吉はまったく普段と変わりなかった。どうだ、儀平は？」

伊八が儀平の鰓の張った四角い顔に目をやる。

「そのとおりだ。千吉に様子のおかしいところはなかった」

「おめえたちはどうだ？」

若い連中にきいた。

「千吉兄いはまったく普段のまんまでした。なあ」

益三が答え、他の若い連中に顔を向けた。

「へえ、いつもの調子でした」

「おかしらはどうなんでえ」

伊八がきいた。

「俺もわからねえ」

扇蔵は言ってから、

「それから、千吉が殺された場所は南町定町廻り同心、坂上吹太郎の縄張りだ。だから、奴が掛かりだ。なんとも皮肉な話だが、奴が千吉を殺した下手人の探索をすることになる。だが、こっちが先に下手人を見つけ、必ず殺す」

扇蔵は気負ってから、

「また、改めて声をかける」

話し合いの終わりを口にしたが、誰も立とうとしなかった。

誰も無口で、重たい空気が充満していた。

ようやく益三が立ち上がると、若い連中は腰を上げた。

「じゃあ、お先に引き上げます」

益三たちは挨拶をして部屋を出て行った。

残ったのは、最初からの仲間である伊八と儀平だけだった。

「千吉が死んだなんて」

扇蔵は改めて悲しみが込み上げてきた。

「やっとここまで来たというのに、いってえ誰が」

扇蔵は呻（うめ）くように言う。

「ちょっと待ってくれ」

儀平がこめかみに手を当てて、

「確か、千吉は護国寺前の女郎屋に馴染みの女がいたはずだ」

と、思い出したように言う。

「確かに、そこに通っていた」

伊八が応じた。

「女の名はわかっているのか」

扇蔵はきいた。

「いや、聞いていません」

「よし、儀平。おめえはその女を見つけて話を聞いてこい」

「わかりました」

「女といえば、『美濃屋』の女中のほうはだいじょうぶか」

伊八が疑問を口にし、

「千吉は女中をたらし込んでいたんだ」

「女中絡みだと？」

扇蔵が言う。

「女中に男がいて、その男が嫉妬から千吉を殺したってことも考えられる」

伊八は想像を口にする。

「女中が男とつきあう暇があるかな」

儀平が疑問をはさんだ。

「千吉だって女中を口説いてたんだ。同じような男がいてもおかしくない」

伊八が言い返す。

「うむ。調べてみるか」

扇蔵は顎に手を当てて言う。

「だとすれば、『美濃屋』出入りの商人ですぜ。自分で殺ったか、殺し屋を頼んだか」

伊八は鋭い目をした。

「よし。俺は『美濃屋』の女中を調べてみよう。伊八と儀平は女郎屋だ」

扇蔵は厳しい顔で言った。

そのとき、扇蔵ははっとした。

「おかしら。まだ何か気になることでも？」

伊八が不審そうにきいた。

「霞の東介はどうだ？」

「霞の東介ですって」

鈴鹿の伝蔵と張り合っていた盗賊のかしらだ。五年前の隠れ家急襲も、霞の東介が坂上吹太郎に密告したのではないかという疑いは、いまだに消えなかった。

「まさか。霞のおかしらがそこまでするでしょうか」

儀平が疑問を口にする。

「うむ。考えすぎだろう。ともかく、千吉を殺した下手人を探すのだ」

「それにしても、千吉の亡骸を受け取りに行けないのが悔しいですね」

伊八が無念そうに言う。

「ああ、無縁仏（むえんぼとけ）としてうっちゃられるだけだ」

扇蔵は吐き捨てる。

「場所さえわかれば骸（むくろ）を掘り起こしてやりてえ」

伊八が未練（みれん）がましく言う。

「俺たちは野末（のずえ）に果てていくのがふさわしいのだ。供養（くよう）などとは無縁だ。千吉だってその覚悟だったはず」

扇蔵は割り切って言ったあとで、

「ただ、困るのは、長屋の大家だ。千吉が住んでいた下谷山崎町一丁目の長屋の大家が、店子のひとりが帰って来ないと奉行所に訴え出るかもしれない」

「でも、千吉のことを調べても我々のことまではわからないでしょう」

　伊八が扇蔵を見る。

「そうだといいが、用心に越したことはない」

　扇蔵は呟くように言う。

「ともかく、千吉の仇討ちが先だ」

　伊八が言い、

「そろそろ引き上げよう」

　と、腰を上げた。

「あっしも」

　儀平も立ち上がった。

「気をつけてな」

　ふたりが引き上げて、扇蔵も階下に下りた。

　板場にいた亭主の万治に声をかけ、扇蔵は庭に出た。

　扇蔵は借りている離れの部屋に帰った。

部屋に落ち着いて、煙管に刻みを詰めた。

煙草を吸いながら、改めて千吉のことを考えた。千吉が山崎町一丁目の長屋の住人だということはいずれわかってしまうだろう。だが、千吉はそこでは別の名を名乗っていた。伊八が言うように、こっちまで手が伸びることはない。

それより、下手人だ。

いったい、誰が……。きっと殺った奴を見つけてやると、扇蔵は見えない敵を睨みつけていた。

第二章　忍び寄る影

一

紀尾井坂での殺しから三日目に、下谷山崎町一丁目にある長屋の大家から、仙介という店子が三日前から帰ってこないと、奉行所に訴えがあった。

坂上吹太郎は、奉行所に安置してあるホトケを大家に検めさせた。

恐る恐る覗いた大家はしばらく顔を見ていたが、やがてあっと声を上げた。

「間違いありません。店子の仙介です」

大家はやっと口にした。

「仙介は何をしているのだ？」

「小間物の行商だそうです」

「小間物屋だと？」

吹太郎は首を傾げた。

頬骨の突き出た鋭い顔つきからは、小間物屋という想像はつかなかった。それに、現場には小間物の荷はなかった。

「仙介は紀尾井坂で殺されていたが、なぜそこに行ったかわかるか」

「いえ」

小間物屋であれば、屋敷に出入りしていることも考えられたが、紀尾井坂周辺の武家屋敷の門番や中間らにきいてみても、誰もホトケのことを知らなかった。

「仙介の身寄りは？」

「いえ、独り者です」

「親しい者はいるか」

「いえ、仙介は無口な男で、他の店子とは挨拶程度の付き合いでして」

「訪ねてくる者は？」

「二十七、八くらいの遊び人ふうの男を何度か見かけました。でも、長居はせず、すぐ帰っていったようです。あっ、そういえば……」

大家は思い出したように、

「一昨日の昼間、三十二、三と思えるがっしりした体格の男が仙介を訪ねたようです」

「一昨日？」

仙介が殺された次の日だ。

「顔を見たか？」

「いえ、後ろ姿だけです」

「よし、わかった。仙介の部屋を調べさせてもらおう」

「ホトケは？」

「身許がわかったのだ。そのほうに引き渡す。懇ろに弔ってやるのだ」

「はい」

大家は素直に頷いた。

それから、一刻（二時間）後、吹太郎は欽三たちと下谷山崎町一丁目の長屋に行った。

仙介の家の腰高障子を開け、土間に入る。吹太郎は部屋に上がった。殺風景な部屋だ。柳行李の蓋を開けた。着物が乱れていて、中を漁ったような形跡があった。

茶簞笥や火鉢、行灯、枕屛風とあるが、特に変わったものはない。

「旦那。こんなところに土が」

欽三がしゃがんで指で示した。

畳に黒っぽい土が少量だが落ちていた。足についていたものなら、上がり框（がまち）の近くに落ちているはずだ。

「畳を上げてみよう」

吹太郎は思いついて言う。

「へい」

欽三と春吉が畳を上げた。

「その床板」

一枚の床板だけに埃（ほこり）が少ない。

春吉が床板を外す。行灯に灯を入れて照らす。

瓶（かめ）があった。春吉が丸めて突っ込まれていた桐油紙（とうゆがみ）を引っ張りだした。

開いたが、何も入っていなかった。

「金を隠していたな」

吹太郎は見抜いたが、悪い金かどうかまではわからない。働きながらこつこつと貯（た）めていたのかもしれない。

だが、その金を盗んでいった者がいる。仙介が殺された翌日、ここにやってきた三十二、三のがっしりした体格の男が怪しい。

「ここに隠してあった金を奪うために、仙介を殺したのでしょうか」

「十分に考えられる」

吹太郎は言ってから、土間に立っていた大家の前に行き、

「長屋の住人に、ここにやってきたがっしりした体格の男を見ていないかきいてみたい」

と、頼んだ。

「今、男どもは働きに出ていて、女房連中しかいませんが」

「わかった。夜にききに来る」

そう言い、もう一度、部屋の中を見回した。壁に帯がかかっていた。着物がなくなっているような気がしたが、はっきりしない。

「どうだ？」

吹太郎はきいた。

「一通り見ましたが、特に何もなさそうです」

「やはり、金だけか」

最初は柳行李の中を探し、次に床下を調べたのか。

吹太郎たちは仙介の部屋をあとにした。

西陽が眩しい。扇蔵はさっきから麹町にある足袋問屋『美濃屋』の裏口が見通せる場所に立っていた。

きのうも半日待ったが、女中は出て来なかった。きょうも出てきそうもなかったら、思い切って台所まで訪ねようと思っていた。

千吉が誰になぜ、殺されたのかまだわからない。一昨日は千吉の住む長屋に行き、床下に隠してあった十両近い金と黒い着物に黒い股引、そして黒い布、さらに匕首を持ち出してきた。

千吉の調べから扇蔵たちのことが明らかになるとは思えなかったが、用心に越したことはなかった。

裏口の戸が開いた。二十歳ぐらいの女が出てきた。色白で目鼻立ちが整っている。この女中かもしれない。

表通りに向かうのを追いかけ、背後から声をかけた。

「もし、お峰さんですかえ」

扇蔵は穏やかな声音を作った。

「はい」

お峰は警戒しながら頷く。

「驚かせてすみません。あっしは仙介さんの知り合いでして」

「えっ、仙介さんの……」

お峰の表情が曇り、

「仙介さん、どうかしたのですか」

と、きいた。

「ええ、ちょっと」

千吉はお峰にも仙介と名乗っていた。

「病気ですか」

「会う約束をしていたそうですね」

「ええ。で、仙介さんはどうしたのですか」

お峰は焦ったようにきく。

「じつは仙介は亡くなりました」

「えっ？」

「仙介は三日前に死んでしまったのです」

「嘘……」

お峰が目を見開いたまま口を喘がせた。

「知りませんでしたか。三日前に紀尾井坂の途中で殺されたのです」

「………」

お峰の体が崩れそうになった。

「一昨日の夜、会うことになっていたんです。待っていたのに来なくて……」

お峰は涙ぐんで言う。

「仙介が紀尾井坂に行ったわけを知りませんかえ」

「わかりません。いったい、誰なんですか、誰が仙介さんを殺したのですか」

お峰は、ほんとうに千吉が殺されたことを知らなかったようだ。

「下手人はまだわからないんです。ただ、私は」

扇蔵は間をとり、

「仙介に嫉妬していた男がいるんじゃないかと思ったのですが」

と、お峰の顔を見つめる。

「仙介さんに嫉妬?」

「ええ、お峰さんを好いている男が、仙介を恨んで」

「私にはそんなひといません」

　お峰はむきになって言う。

「そうですか。いや、ともかく、仙介からお峰さんの話を聞いていたので、知らせておこうと思ってね」

　扇蔵は言ってから、

「まだ、岡っ引きはお峰さんのところには？」

　と、確かめた。

「まだです」

「そう。来ないと思いますが、お峰さんは黙っていたほうがいいですよ。へたにこのことに関わったら、お店に迷惑がかかりますからね」

　扇蔵は言い含めてから、

「では」

　と、お峰の前から立ち去った。

　その夜、浅草聖天町にあるそば屋『喜洛庵』の離れに、伊八と儀平がやってきた。

狭い部屋で向かい合ってから、

「どうだった？」

と、扇蔵はきいた。

「いや、違った」

伊八が難しい顔で答える。

「違うか」

千吉には護国寺前の女郎屋に馴染みの女がいたらしい。

「最近、千吉はその女のところには顔を出していなかったそうだ」

伊八が首を傾げながら言う。

「ひと頃はあんなに足繁く通っていたのに」

儀平も不思議そうに言う。

「女が嘘をついていることは？」

「それはない」

伊八が即座に答えた。

「そうか」

扇蔵は、色白で目鼻立ちが整っているお峰の顔を思い返した。

「もしかしたら、千吉はお峰に本気になっていたのかもしれねえな」

「お峰って、いい女なんですかえ」

儀平がきく。

「野暮ったいが、着飾らせて、化粧したらいい女になるだろう」

「そうか。千吉はお峰に惚れてたのかもな」

伊八はしんみり言い、

「もし押込みをしても、お峰を殺せなかったかもしれねえな」

と、苦笑した。

「それよか、お峰を自分の女にしただろうよ」

扇蔵も応じた。

「そんなことになっても、俺たちはそれを受け入れてやっただろうにな」

伊八は溜め息をついた。

いっとき、千吉に思いを馳せてから、

「どうも女絡みではないようだ」

と、扇蔵は千吉が殺されたわけを考えた。

「やはり、どこかの地回りとかと揉め事を起こしたとしか考えつきませんね」

儀平が言う。

そのとき、庭にひとの気配がした。

扇蔵は素早く立ち上がって障子を開けた。そこに若い男ふたりが立っていた。

益三と駒吉(こまきち)だ。

「なんだ、おめえたちか」

扇蔵は不審そうにふたりを見た。

「へえ。ちょっとお話がありまして」

益三が言う。

「上がれ」

「へい」

ふたりは濡縁(ぬれえん)から部屋に上がった。

「伊八兄(あに)いに儀平兄い」

益三はあわてて頭を下げた。

「どうした、何かあったのか」

伊八が益三と駒吉の顔を交互に見てきく。

「話を聞こう」

扇蔵は腰を下ろして益三を促(うなが)した。

五年前、鈴鹿の伝蔵一味が壊滅したあと、逃げ果(おお)せた当時下(した)っ端(ぱ)だった扇蔵、伊八、千吉、儀平の四人で、鈴鹿の伝蔵一味の雪辱(せつじょく)を誓った。そのときに真っ先に取りかかったのが手下を集めることだった。

その最初の手下が益三、そして駒吉が続いた。それ以降も集め、手下は全部で六人になった。その六人の中で、益三が一番の兄貴分だった。

「じつはあっしら六人で話し合ったことがあります」

益三が切り出した。

「千吉兄いが亡くなったこと、あっしらも胸が痛みます。でも、千吉兄いがいなくなったからと言って予定を変えたんじゃ、千吉兄いも喜ばないんじゃありませんか。おかしら」

益三は前のめりになって、

「千吉兄いがいなくても、なんとか工夫すれば押込みも支障なく出来るんじゃありませんか。皆も気持ちが盛り上がっているんです。どうか、『美濃屋』に……」

「おめえたちの気持ちはよくわかるぜ」

伊八が応える。

「俺だって腕がうずうずしているんだ。だが、鈴鹿の扇蔵一味の中心的な男が殺されたんだ。誰が何のために殺したのか。それがわからないまま、押込みを働くのは危険だ。千吉が殺されたということは、千吉が『美濃屋』の女中をたらし込んだことや、俺たちが『美濃屋』に押し込むことに気づいている者がいるかもしれねえ」

「まさか、そんな輩がいるとは思えません」

益三が異を唱える。

「いいか。大仕事をするには、必ずうまくいくという確信がなければ失敗する。少しでも不安があれば解消しなければならねえ」

扇蔵は益三と駒吉の顔を交互に見た。

「へえ」

益三は不満そうに言う。

「何も千吉の仇を討つのが先だと言っているんじゃねえ。千吉の死が俺たち一味に影響ないとわかったら、『美濃屋』に押し込む。どうだ、益三に駒吉。わかってくれたか?」

「わかりました。おかしら、あっしらにも千吉兄いを殺した奴を見つける手伝いをさせてください」

　益三が訴える。

「そうだな。じゃあ、益三と駒吉には、南町定町廻り同心の坂上吹太郎と岡っ引きの欽三の調べがどこまで進んでいるか探ってもらおう。ひょっとしたら、下手人の見当がついているかもしれない」

「わかりやした。じゃあ、あっしらはこれで。皆が待っていますので」

　そう言い、益三は立ち上がった。

　益三と駒吉が引き上げたあと、伊八が顔をしかめて、

「どうも近頃、益三の態度が大きくなっているようで気に食わねえ」

「俺らがいないところで六人が集まっているとは驚いたぜ」

　儀平も口にする。

「それだけ頼もしくなったってことだ」

　扇蔵は鷹揚に言う。

「気に入らねえ」

　伊八はもう一度言う。

「伊八。俺たちも昔は兄貴分から同じことを言われていたんだぜ。伊八だって、

益三のように兄貴たちにずけずけと物を言っていたじゃねえか」

扇蔵が言うと、伊八は苦笑し、

「そうだったかもな」

と、認めた。

「それより、益三に坂上の動きを探ってもらえば助かる。なにしろ、俺たちは隠れ家を急襲されたとき、顔を見られているからな。覚えているかどうかわからないが、ひょんなことから思い出されないとも限らない」

扇蔵はなんとしてでも千吉の仇を討つのだという思いが強かった。それが果たせないうちに押込みをすれば必ず失敗する。そんな気がしてならなかった。

二

眩い朝陽が濡れた死体に反射していた。桜の花びらが舞って、神田川から引き揚げられた死体の上に落ちた。

浅草御門に近い、柳原の土手に朝っぱらから野次馬が集っていた。南町定町廻り同心の植村京之進は死体を検めた。

長い間、水に浸かっていたが、水死ではない。胸に刺し傷があり、喉も掻き切られていた。

死んで半日は経っている。殺されたのは昨夜の暮六つ（午後六時）から五つ（午後八時）の間か。

ホトケは三十二、三歳の大柄な男だ。土気色の顔は目尻がつり上がっていた。服装に特徴はなく、商人とも職人とも見えた。左足にかなり前のものと思われる傷があった。

持ち物を調べると、財布には二両入っていた。しかし、身許を示すものはなかった。

柳原の土手に出没する夜鷹を買いにきたのかと思ったが、二両もあれば、ちゃんとした女郎屋に行けるはずだ。

男は誰かといっしょにここまでやってきて、いきなり襲われたのであろう。手向かった様子はない。手や腕、体などに手傷がないからだ。つまり、下手人は顔見知りだ。

京之進が手札を与えている岡っ引きが戻ってきた。

「旦那。見つけたひとを連れてきました」

岡っ引きの後ろに、腹巻に半纏を身につけた職人らしい男がいた。

「話を聞かせてもらおう」

京之進は促す。

「はい。じつは昨夜、夜鷹を買いに柳原の上手にきたんで。そしたら、男のひとの微かな悲鳴と水音がしたのです。気になってその水音のしたほうに行ったのですが、暗くて何もわかりませんでした。そのうち、夜鷹が現われて……」

男は俯いたが、すぐ顔を上げて、

「今朝になって、どうしても気になってここまでやって来たら、男が川に浮かんでいたので驚いて自身番に……」

「昨夜の悲鳴は何刻ころか」

「たぶん、六つ半（午後七時）ごろだったと思います」

「そうか。男の姿は見ていなかったのだな」

「はい」

「その付近に、他に人影は？」

「ありませんでした」

「わかった。ご苦労だった」

そう言い、職人を帰して、ふと野次馬を振り返った。するとあわてたように顔をそむけ、立ち去って行く男がいた。京之進は気になって、男の姿を目で追った。すぐ視界から消えた。ただ、急いでいるだけかもしれないと思い直した。

扇蔵が朝餉(あさげ)を終えて外出の支度をしていると、駒吉が駆け込んできた。二十六歳の小柄で足の速い男だ。

庭先に立って、ぜいぜいしている。

「どうしたんだ?」

扇蔵は呆気(あっけ)にとられてきいた。

「たいへんです。伊八兄いが……」

「伊八が?」

扇蔵は動悸(どうき)が激しくなった。

「伊八がどうしたんだ?」

「浅草御門近くの柳原の土手で殺されていました」

「ばかな。伊八がそんなところに行くはずない」

伊八は神田三河町(かんだみかわちょう)一丁目に住んでいた。

「でも、ホトケの顔は伊八兄いに似てました」

扇蔵は立ち上がった。

「浅草御門だな」

扇蔵は外に飛び出した。

嘘だ、何かの間違いだと思いながら、花川戸から駒形、蔵前と走った。

やっと浅草橋を渡り、浅草御門を潜って柳原の土手のほうに曲がる。まだ、人だかりは解けてなかった。

扇蔵は息を整えながら、野次馬の背後から前を見る。しかし、亡骸は莚がかけられていて顔を見ることは出来なかった。

亡骸が運ばれるのを待つしかなかったが、顔を見ることは難しい。

戸板が運ばれてきて、亡骸が戸板に載せられた。大柄な亡骸で、重たそうだった。大八車まで運んでいくとき、扇蔵は莚から飛び出している足を見た。

左足に刀傷が見えて、扇蔵は息を呑んだ。

(伊八……)

何があったのだ。誰に殺られたのだと、扇蔵は心の内で叫んだ。

「おかしら」

駒吉が声をかけた。

「やはり、伊八だった」

「そうですかえ」

駒吉も溜め息をついた。

「おめえは確かこっちに住んでいたんだな」

「へい。向かいの平右衛門町です。騒がしいので見に来たら、伊八兄いが変わり果てた姿で……」

「疑われないように、あの岡っ引きから聞き出してくれ」

「わかりやした」

「それから今夜、皆を集めてくれ。儀平のところには俺が行く」

「へい」

扇蔵は駒吉と分かれ、麴町に向かった。

一刻後、扇蔵は真行寺の山門を潜った。

境内を箒で掃いている寺男がいた。儀平だった。

近づいていくと、儀平が顔を向けた。

「おかしら」

「ちょっと中に」

「へい」

扇蔵の厳しい顔を見て、儀平は何かを察したのか笑みを消した。

ふたりは納屋を改造した寺男のための小屋に入った。いちおう、畳が敷かれ、部屋らしくなっている。

そこで向かい合った。

「何かあったんですね」

儀平が険しい顔つきになった。

「伊八が殺された」

「えっ？」

儀平はきき返した。

「浅草御門の近くで殺されていた」

「伊八が……」

儀平は悲鳴のような声を上げた。

「千吉に続いて伊八だ。こいつは俺たちを狙っているとしか思えねえ」

「でも、誰が？」

「わからねえ。だが、気になる奴がいる」

「誰ですかえ」

「霞の東介だ。五年前の隠れ家急襲も、俺は霞の東介の仕業だと疑っているのだ」

「でも、何のために？」

「わからねえ」

扇蔵は顔を歪めて、

「『但馬屋』の下男に近づいたとして冬吉という男が火盗改に捕まったが、解き放たれた。その後だ、千吉が殺されたのは」

伊八の身代わりに冬吉が捕まり、扇蔵は安心していた。火盗改が捕まえた男を解き放つとは思ってもいなかった。

「冬吉って男を疑っているんですか」

「火盗改は冬吉を霞の東介の一味と見ていたそうだ。濡れ衣で捕まったことへの恨みとか……。もしかしたら、霞の東介の命を受けた冬吉が、俺たちを」

「何のために？」

「この江戸に、押込み一味はふた組もいらないってことだ。霞の東介は『但馬屋』の押込みが俺たちの仕業だと睨んでいたのだ。これ以上、俺たちをのさばらせまいと、冬吉を使って……」

扇蔵は握った拳に思わず力が入った。

「あの元火盗改の与力のほうは考えられねえですかえ」

儀平は疑問を口にした。

「川田与五郎か」

「へえ。あの侍の仲間か身内が、復讐しているってことも……」

「うむ」

扇蔵は唸った。

五年前、隠れ家を急襲されたとき、扇蔵は逸早く裏口から飛び出た。そこに火盗改の与力が待ち受けていた。それが川田与五郎だった。

そのとき川田与五郎は扇蔵を同心に任せ、奥に入って行った。兄貴分たちの捕縛を優先したのだ。与五郎は扇蔵の顔を覚えていた。

伊八、千吉、儀平と共に『若松』に上がったとき、厠で与五郎とばったり会った。与五郎は扇蔵の顔を見て不思議そうな表情を浮かべた。そのとき、扇蔵も五年前のことを思い出したのだ。『若松』を出ると、与五郎があとを尾(つ)けてきた。だから、お濠(ほり)の暗がりに誘(おび)き出し、四人掛かりで襲い、お濠に投げ込んだ。誰にも見られてはいなかった。殺しとは気づかれず、事故死として始末されたのだ。

「俺たちの仕業だと気づかれているとは思えねえが」

扇蔵は首を傾げた。

「しかし、おかしらを見かけたことを、誰かに話していたかもしれませんぜ。その男が事故死を不審に思って調べたら」

「よし、おめえはそっちのほうを調べてくれ。俺は冬吉を調べる」

「へい」

「今夜、来てくれ。皆を呼んだ」

そう言い、扇蔵は立ち上がった。

薄暗い納屋から外に出た。さっきまで明るかった空はどんよりとしていた。

「降るかもしれねえな」

扇蔵はそう言い、儀平に別れを告げたが、

「くれぐれも用心しろ」

と、念を押してから足早に山門に向かった。

その夜、浅草聖天町にある『喜洛庵』の二階に仲間が集まった。扇蔵は暗い気持ちで一同と向かい合うように上座に座った。

もう千吉と伊八がいないのだと思うと、胸が張り裂けそうになるが、扇蔵は平静を保った。

「もう聞いていると思うが、今朝伊八の死体が見つかった。千吉が殺されて四日後に、今度は伊八だ」

扇蔵は厳しい表情で続ける。

「明らかに、下手人は俺たちに狙いを定めている。まだ、敵の正体はわからねえ。皆も用心するんだ」

扇蔵は注意してから、

「こうなっては、『美濃屋』の仕事は中止だ」

「中止ですか」

一同はざわついた。

「敵は俺たちが『美濃屋』に押し込むことまで承知しているかもしれない。押し込んだところで火盗改に知らされて御用となりかねない」

「残念です」

益三が吐き捨てた。

「敵は俺たちを全滅させる気だ。皆で力を合わせて敵の正体を突き止めなきゃならねえ」

儀平が若い連中に言い聞かせる。

「おかしら」

駒吉が呼びかけた。

「岡っ引きにそれとなく聞いてきました。伊八兄いは誰かといっしょに浅草御門の近くまでやってきて、そこでいきなり襲われたのだと言ってました。手や腕、体などに手傷がないことから、下手人は顔見知りだと見ているそうです」

「顔見知り？」

扇蔵は首を横に振り、

「そんなはずはねえ」

と、憤然と言う。

「でも、千吉兄いの場合も、手向かった形跡はなかったそうです」

益三が口をはさむ。

「千吉と伊八の顔見知りなら、俺たちも知っているはずだ。俺たちが知らずに、ふたりだけが知っている男がいるとは思えねえ。そんな奴に心当たりはねえ」

扇蔵はいらだった。

「ですが、千吉と伊八も腕に覚えがあったのに、あんなにあっさり殺られているんですぜ。油断するような相手だったってことでは」

儀平が眉間に皺を寄せて言う。

確かに、千吉と伊八が何の手出しも出来ず、あっさり殺られることは考えられない。相手が冬吉だったにしろ、川田与五郎の身内だったにしろ、ふたりが油断するはずはない。

「おかしら。まさか」

益三がいきなり立ち上がり、窓辺に寄った。

皆の視線が益三の背中に向かう。

障子を少し開け、益三は外の様子を窺った。

しばらくして、障子を閉めて戻った。

「ここを見張られているのかと思ったものですから」

益三が言い訳のように言う。

「いや、十分に考えられる。敵は千吉や伊八の動きを読んでいたんだ。ここからあとを尾けられ、住まいを知ったのかもしれない」

扇蔵は言ってから、

「千吉が殺されたのは昼間だ。明るいからといって安心は出来ない。常に油断するな。なるたけふたり以上で動くんだ」

と、注意を与え、

「これから、ここへの出入りは常に見張られていると思って用心しろ」

「へい」

「おかしら」

益三が身を乗りだし、

「奉行所は千吉兄いと伊八兄いの殺しの下手人が同じだとはまだ思いついていないでしょうね」

「そうだ。そのまま別の事件と思わせておいたほうがいい」

扇蔵は言ってから、

「益三。おめえたちは手分けをして千吉殺しを探索している同心の坂上吹太郎、伊八殺しを調べる植村京之進を見張り、進展があったかどうか探るんだ」

「わかりました」

益三は応じ、若い者に声をかけて立ち上がった。

「俺も、引き上げるか」

儀平は腰をあげかけた。

「待て」

扇蔵は引き止める。

「今から麹町まで帰るのは危ない。今夜は泊まっていけ。明日の朝早く帰ればいい」

「いや、早朝に掃除があるんです。住職の朝のお勤めの前に掃除をしておかねばならないんですよ」

「そうか」

「心配いりやせん。まさかきのうのきょうでまた襲うとは思えねえ」

「念のためだ。裏からこっそり出た方がいい」

扇蔵は儀平といっしょに階下に下り、裏口から出た。

周辺に誰もいないことを確かめて、

「だいじょうぶだ。じゃあ、気をつけてな」

「へえ。では」

扇蔵は暗がりに消えて行った儀平を見送り、誰もあとを尾けていないのを確かめてから離れに戻った。

ひとりになると、千吉と伊八を失った悲しみがどっと押し寄せた。そして、次に狙われるのは俺か儀平かと、怒りをたぎらせた。

三

朝、髪結いが引き上げたあと、剣一郎は濡縁に出た。

庭先に立って、太助は庭の桜を眺めていた。梅の花が散ったあと、桜が芽吹き、今を盛りと咲き誇っている。

「太助」

剣一郎は声をかけた。

あわてて、太助は振り返った。

「見事に咲いていますね」

太助がしみじみと言うので、剣一郎は不思議に思って、

「桜に何か思い入れでもあるのか」

と、きいた。

「おっかさんに手を引かれ、桜を見たことがあります。それと……」

太助が声を詰まらせた。

剣一郎は太助が口を開くのを待った。

ようやく、太助が顔を上げた。

「おっかさんが亡くなったとき、桜が満開でした」

「そうか」

「もっと長生きして欲しかった……」

太助ははっとして、

「すみません、こんな辛気臭い話をして」

「そんなことはない。おっかさんとの大切な思い出だ」

「はい」

太助は素直に頷いてから、

「青柳さま、じつはきのう柳原の土手でたまたま京之進さまにお会いしました。

三日前に殺された男の身許を探していると仰（おっしゃ）っておいででした」

「うむ、浅草御門に近い神田川での殺しだそうだな」

殺しがあったという報告は受けていた。

「殺された男の特徴をお聞きになりましたか」

「いや」

「ホトケは三十を過ぎたぐらいの大柄な男で、つり目で険（けわ）しい顔つきをしていたそうです」

「なに、その特徴は……」

「はい。『若松』に現われたという四人のうちのひとりに似ています」

「うむ」

「それで気になって、それより四日ほど前に紀尾井坂で殺された男のことで、坂上さまを探して話をきいてきました。紀尾井坂で殺された男は眉が濃く、頬骨の突き出た鋭い顔つきだったそうです」

「頬骨の出たという男も四人の中にいたな」

剣一郎は驚いてきいた。

「はい、そのとおりです、坂上さまも特徴は似ていたが、まさかと思っていたそうです。新たに殺された男も、四人の中にいた男の特徴と一致しているとなると、紀尾井坂のホトケも仲間に違いないと仰っていました」

太助はさらに続けた。

「それから、ひと月前の『但馬屋』の押込みですが、下男を懐柔した大柄な男はひょっとすると、その殺された男かもしれない、と」

「そうか、やはり『若松』の四人は押込み一味だったか」

「きょう、『若松』の女将に新たに殺された男の顔を確認してもらうと、坂上さまは仰っていました」

「太助、よく気がついた」

「いえ」

太助ははにかんだ。


奉行所に着くと、剣一郎の出仕を吹太郎と京之進が待ちかまえていた。

「青柳さま。太助から聞いていただけましたか」

「聞いた。ここに来て、急に事態が動いたな」

「はい。じきに、『若松』の女将が来ることになっています。昨夜のうちに呼びつけておきました」

「わかった。どうであったか、あとで知らせてもらいたい」

「青柳さま」

京之進が真顔で、

「坂上どのと話し合ったのですが、今回の件、なにやら奥が深そうに思われます。どうか、青柳さまのお力を……」

と、訴えた。

「四人が押込み一味だとしたら、青柳さまの仰るように川田与五郎さまの死にも疑いが生じます。それより、四人のうちのふたりが殺されたことで、なにやら入り組んだ事情が背景にあるような気がいたします」

「確かに、四人のうちのふたりも殺されたのは不可解だ。単に仲間割れとは思えぬ」

剣一郎は呟いてから、

「わかった。宇野さまの許しを得てみよう」

と、母家の玄関に向かった。

いったん与力部屋に行き、継裃を脱ぎ、着流しになってから年番方与力の部屋に行った。

宇野清左衛門（せいざえもん）はすでに出仕していて帳簿をみていた。清左衛門は金銭面も含めて奉行所全般を取り仕切っている一番の実力者である。

「宇野さま」

剣一郎は声をかけた。

清左衛門は振り返った。

「青柳どの、何かあったか」

「じつは坂上吹太郎と植村京之進が抱えている殺しの件で……」

と前置きして、剣一郎は元火盗改与力の川田与五郎の死と『若松』の四人の客との関係、『但馬屋』の押込み、そしてその四人のうちふたりが殺されたかもしれないという事実を語った。

「押込み一味の中で仲間割れがあったのか」

清左衛門はきいた。

「そうかもしれませんが、単なる仲間割れとは違うような気がします。というのも最初の仙介という男の死から四日経ってふたり目が殺されたのです。仲間割れなら、ふたりは同時に殺されたはずです。このままでは、三人目の犠牲者が出ないとも限りません」

「難しい事件だ」

清左衛門は厳しい顔になった。

「宇野さま。どうか私を坂上吹太郎と植村京之進の支援にまわしていただけませぬか」

「それは願ってもないことだ。ぜひ、お願いする」

これまでにも剣一郎は難事件の発生時には清左衛門から密命を受け、定町廻り同心の探索を助けてきた。

「わかりました。失礼します」

剣一郎は清左衛門と別れ、玄関を出て、同心詰所に顔を出した。

「青柳さま」

京之進が立ち上がった。

「『若松』の女将はまだか」

「はい。まだです」

「すまぬが、ホトケを検めてみたい」

「はっ」

奥から吹太郎も出て来て、三人で裏庭に行った。

小屋があり、そこに身許不明の亡骸が置いてある。ここ数日でさらに陽気も暖かくなり、死体の腐敗の進みが早かったが、まだ傷口を検めることは出来た。

剣一郎は合掌してから死体を検めた。

心ノ臓に刺し傷、喉も掻き切られている。抵抗の跡は見られない。油断をしていて不意を衝かれたのだろうが、やはり下手人は腕利きだ。

心ノ臓の傷は下から上に刃先が入っている。ホトケは大柄だが、下手人は小柄なのかもしれない。それでひと突きで命をうばうことが出来ず、喉を掻き切らねばならなかったのだろう。

「身許はまだわからないのか」

剣一郎は京之進にきいた。

「はい。今、浅草御門周辺に聞き込みをかけているのですが、いまだに」

「何日も帰らなくとも不審に思われない暮らしをしていたのか、それとも長屋でなく、家をそのまま借りているのか」

剣一郎が思案していると、見習い同心が吹太郎を呼びに来た。

「『若松』の女将がやってきました」

「よし、ここに連れてきてくれ」

吹太郎が命じる。

「はっ」

若い同心が引き返した。

しばらくして、小肥りの女将がやってきた。

臭気に尻込みしながら、近づいてきた。

「辛いだろうが、確かめてもらいたい」

剣一郎が穏やかに頼んだ。

「はい」

女将は大きく深呼吸をして、亡骸のそばに行った。

袂をつかんで口に当てながら、女将は覗き込んだ。あわてて、顔をそむけたが、もう一度深呼吸をして改めて顔を覗き込む。

はっとした表情で後退った。

「間違いありません。このひとです。四人の中にいました」

振り返って、女将は言った。

「この男が仲間から何と呼ばれていたか聞かなかったか」

「聞いていません」

「どんな話をしていたか、覚えていないか」

剣一郎はさらにきく。

「いえ」

「眉が濃く、頰骨が突き出た鋭い顔つきの男がいたな」

吹太郎は確かめる。

「はい、いました。あっ、思い出しました」

「なにをだ？」

「眉の濃い、頰骨が出た男のことを、誰かが千吉って呼んでいました」

女将が記憶をなぞるように言った。

「千吉？　仙介じゃないのか」

吹太郎がきく。

「いえ、千吉です。私の亭主と同じ名前だったのでよく覚えています」

「他の男ではなく？」

「ええ、頰骨が突き出た男のことです」

「…………」

吹太郎は困惑の表情を浮かべた。

「千吉が実の名なのだろう」

剣一郎が言う。

「あの、もうよろしいですか。なんだか気分が悪くなりました」

女将は青ざめた顔で言う。

「ごくろうだった」

剣一郎はねぎらった。

女将が引き上げたあと、吹太郎が沈んだ声で、

「これで川田さまは事故死ではない公算が大きくなりました。申し訳ありません。私がもっとしっかり調べていれば……」

「いや、そなたのせいではない。やむを得なかったことだ。まさか、四人の客が押込み一味であるとは想像もつかぬからな」

「でも、青柳さまは事故死を疑っておられました」

「死にざまが川田どのにふさわしくないと思ったからに過ぎない。川田どのの死は、押込み一味によるもの。おそらく、鈴鹿の伝蔵一味で当時下っ端だった連中が仲間を集め、新しく押込みをはじめたのだ」

剣一郎はそう言い切ったあと、

「だが、なぜ、四人のうちふたりが殺されたのだ」

と、困惑した。

「わからないことばかりだが、ひとつずつ片づけていくしかない。念のために、『但馬屋』の主人夫婦や奉公人に賊の特徴を聞き出し、四人の特徴と照らし合わせ、残りのふたりを追う」

剣一郎は吹太郎を励ますように言い、

「京之進は大柄な男の住まいを探すのだ。どこか一軒家を借りているのに違いない」

「わかりました」

「わしはこのことを火盗改の長瀬どのに話してくる。今夜、わしの屋敷に来てもらいたい」

剣一郎はふたりに言い、いったん与力部屋に戻ってから、奉行所を出た。

半刻（一時間）後に、剣一郎は駿河台にある火盗改の役宅を訪れ、先日の客間で長瀬長治郎と差し向かいになった。

「新たな事実がわかりましたので、お知らせにあがりました」

剣一郎は口を開いた。

「なんでしょうか」

長治郎は前のめりになった。やはり、火盗改の探索も思わしくないようだ。

「先日、神田川で、目尻のつり上がった大柄な男が殺されました」

「……………」

「その四日前に、紀尾井坂で下谷山崎町に住んでいた仙介という男が殺されました。このふたりは仲間と思われます」

「仲間とは？」

「そのひと月ほど前に川田与五郎どのという先手組の与力がお濠に落ちて死んだのをご存じでしょうか」

「組は違うが知っていた」

「川田どのは亡くなる直前、麴町の『若松』という料理屋で酒を呑まれていました。そこに、四人連れの男の客がいました。川田どのはその中のひとりの顔を知っていたようなのです。そして、川田どのは正体を確かめようとしたのではないかと」

「川田どのの死は事故ではなかったと？」

長治郎は目を剝(む)いて言う。

「私はそう思っています」

「その四人は何者なのですか」

「川田どのは五年前まで火盗改の与力でした。五年前、南町の同心と共に、当時江戸を荒らし回っていた盗賊、鈴鹿の伝蔵一味の隠れ家を急襲し、下っ端には逃げられたものの主だった者を捕縛し、鈴鹿の一味を壊滅させたのです」

「その話は聞いています」

「『若松』に現われた四人は、鈴鹿の伝蔵一味で下っ端だった連中ではないかと思われます。五年経ち、今や一端(いっぱし)の盗賊になって登場したのです」

「まさか」

「その後に起きた『但馬屋』の押込みもその連中の仕業だと思われます」

「なぜ、そう言い切れるのですか」

「四人の中に目尻のつり上がった大柄な男がいました。この男こそ『但馬屋』の下男に近づいた男だと思われます」

「すると、『但馬屋』の押込みは霞の東介一味ではなかったと？」

「そうです。鈴鹿の伝蔵一味の生き残りに違いありません」

　剣一郎は否定してから、

「この考えは大きく外れてはいないと思います。ただ、その後、ふたりが殺されました。いったい何が起きているのか、今はまだわかりません」

「やはり、冬吉ではなかったのですか」

　長治郎は憤然と言う。

「その後の冬吉の動きは？」

「見張られていることを知っているので、地味に暮らしています」

「霞の東介一味との接触は？」

「ありません」

「見張りの目をかいくぐって、ふたりの男を殺す余裕はあったでしょうか」

「なかったはずです。青柳どのは、霞の東介が新しい盗賊を甦そうとしているとお考えですか」

「考えられることはすべて洗い出し、ひとつひとつ潰しておこうと思ったのです」

「それなら、『若松』の四人連れの客が川田どのを殺したのだとしたら、川田どののお身内による復讐ということは考えられませんか」

長治郎はきいた。

「もちろん、そのことも考えられなくはありませんが……」

もし、そうだとしたら、『若松』で与五郎といっしょだった同じ先手組の石井常次郎に疑いの目が向く。

常次郎もまた五年前まで火盗改の与力だった男だ。ただ、鈴鹿の伝蔵一味の隠れ家の急襲には加わっていない。

常次郎は何も言わなかったが、与五郎から四人連れのことを聞いたのかもしれない。だから、与五郎が四人に殺されたとわかっていた。だが、その証がないために周囲に訴えることが出来ず、復讐を決意した……。

しかし、仮に、誰かに手伝わせたとしても、常次郎に四人の消息を摑むことが出来ただろうか。

「私も、元火盗改の仲間が川田どのの仇を討つために動いたとは思えません。やはり、盗賊一味の対立が背景にあるのではないでしょうか」

長治郎は言ってから、

「改めて冬吉にこの殺しのことを問い詰めてみます。もし、霞の東介の仕業だとしたら、他にも手下がいるはずですからね」

と、意気込んで見せた。

「お願いいたします。霞の東介のことも捨ててはおけませぬ。下手人が誰にせよ、四人の命を狙っているとしたら、あとふたりの身に危険が降りかかるはずです。なんとしてでも、これ以上の犠牲者を出さないように南町も探索を続けます」

そう言い、剣一郎は長治郎と別れ、火盗改の役宅をあとにした。これ以上の犠牲者を出してはならないと、剣一郎は自分自身に言い聞かせた。

四

その日の夕方、扇蔵は四谷御門外から料理屋の『若松』に向かった。

千吉と伊八を殺したのは、川田与五郎の周辺にいる者かもしれないと思った。そのことで、扇蔵は気になった男がいた。『若松』で川田与五郎といっしょにいた侍だ。おそらく、川田与五郎の同輩だった男ではないか。

その男の名を聞き出すために『若松』にやって来たのだ。

『若松』の女将は自分たち四人の顔を見ていたようだが、与五郎との関わりに気づくはずはなかった。

そう高をくって、扇蔵は『若松』の門を入った。踏み石を伝って玄関に向かい、盛り塩を見ながら土間に入る。

「いらっしゃいまし」

小肥りの女が出てきた。女将だ。

「あっ」

女将は扇蔵の顔を見つめて微かに叫んだ。

「女将さん。あっしのことを覚えていてくれたんですか」

扇蔵は周囲に目を配ってきく。

「ええ、いつぞや、いらっしゃってくださいました」

女将は用心深そうに答える。

「そうかえ。顔を覚えていたのか」

「はい」

「それならかえって話が早い。女将さんの言うように、私は一度四人でお邪魔した者です。もうひと月以上前のことだが」

「はい」

「私たちが来た日、先手組の川田与五郎さまが朋輩のお方とお見えでしたね」

扇蔵は確かめる。

「はい」

「そのお方の名前を教えてもらえませんか」

「……………」

「どうしましたね」

「いえ。ちょっと思い出せなくて」

扇蔵ははっとした。

「馴染みのようでしたが」

「ええ」

「ひょっとして、ここに町方が来たんですね」

「……………」

「来たんですね」

もう一度、扇蔵はきいた。

「はい」

「誰が来たんですか」

「南町の青柳さまです」

「青痣（あおあざ）与力か」

扇蔵は吐き捨て、

「何をきかれました、青痣与力には？」

「川田さまがあなたさまがた四人と顔を合わせたかどうか」

「なるほど」

青痣与力は川田与五郎の死に不審を抱いたようだ。

「女将さん。やっぱり川田さまといっしょだったお方の名を教えてもらえませんか」

「どうしてですか」

女将はきき返した。

「じつは私たちにあらぬ疑いがかかりましてね。私たちが四人掛かりで川田さまを殺したという噂が立ったのです」

「…………」

女将は怯（おび）えたような目をした。

「まさか、女将さんまで私らに疑いをお持ちなんですか」

「いえ、そうでは……」

女将は語尾を濁した。

「とんだ誤解を受けて迷惑をしているんです。川田さまといっしょにいたお侍さまが誤解されているんです。お会いして誤解を解きたいのです。どうか教えていただけませんか」

「誤解？」

「そうなんです。だから、連れのお方の名を知りたいのです」

「失礼ですが、あなたさまのお名を教えていただけますか。偽りの名ではなく、実の名を教えてくだされば、川田さまの連れのお方の名を教えて差し上げます」

「女将さん。どこまでご存じなんですかえ」

扇蔵は鋭くきいた。

「今朝、四日前に殺された男のひとの顔を確かめに奉行所まで行ってきました。あなたさまといっしょだった男のひとでした」

「そこまでご存じでしたか」

扇蔵は開き直って、

「そのとおりです。このままでは、いずれ私にも襲いかかってくるかもしれません。だから、早く誤解を解きたいのです」

「石井さまが殺したとお考えなのですか」

女将が思わず名前を口にした。

「石井……」

扇蔵は呟く。

女将ははっとしたような顔になったが、すぐに腹を括ったように、

「石井常次郎さまです。石井さまが殺したと思っているのなら、間違いです。石井さまはそのようなことはしません」

「こっちで調べます。女将さんから名前を聞いたとは言いませんから、安心してください。それから、青痣与力に知らせるのは少し待っていただけませんかえ」

「………」

「女将さん、お約束を」

「わかりました」

ちょうど客が入って来たので、扇蔵はすぐに店を出た。

石井常次郎の屋敷に行きかけたが、途中で足を止めた。問い詰めても正直に言

うはずはない。しかし、とぼけても表情から何かしら読み取れるはずだ。

よし、危険だが会ってみようと心に決めて、扇蔵は先手組の組屋敷を探した。『若松』からそれほど離れていないはずだと見当をつけて四谷坂町の先手組の組屋敷に赴いた。

惣門を潜ると、道の両脇に屋敷が並んでいた。通りかかった侍に、石井常次郎の屋敷をきいた。すると、組が違い、この先にある別の組屋敷だという。

扇蔵はそこに向かった。あたりは暗くなってきた。惣門を入り、またひとに訊ね、ようやく石井常次郎の住まいを見つけた。

門を入り、玄関に向かいかけたとき、奉公人らしい男から声をかけられた。

「すみません。じつは石井常次郎さまにぜひお会いしたくて参りました」

「用向きは？」

「川田さまの件でとお伝えください」

「川田さま？」

奉公人は不審そうな顔で内玄関の前で待つように言い、屋敷に入って行った。

内玄関の前で待っていると、奉公人が戻ってきた。

外に出て、ついてくるように言い、庭木戸をくぐった。

庭を伝い、濡縁の前にやってきた。障子が開き、五十年配の老武士が出てきた。

「石井常次郎だ。話とは川田与五郎のことか」

濡縁に立ったまま、常次郎は不審そうな顔できいた。

常次郎は扇蔵の顔を見ても表情を変えなかった。

「はい、私は川田さまとちょっとした縁があった者でして。久しぶりに川田さまをお訪ねしたところ、先日お亡くなりになったとのことで驚きました。最後に会っていたのが石井さまとお聞きし、事情をお聞かせ願えればと思いまして」

「わしと別れたあとのことで、わしも最期の様子はわからぬ」

「お濠に落ちてお亡くなりになったとお聞きしました。ほんとうでしょうか」

扇蔵は常次郎の顔色を窺う。

「そういうことだ」

「川田さまほどのお方がお濠に落ちるなんて信じられないのですが」

「わしも信じられぬ」

常次郎は顔を歪ませた。

芝居のようには思えない。違う、石井常次郎が刺客(しかく)を送っているわけではない。そう確信した。

それがわかれば、もうここに用はない。怪しまれないうちに退散しなければならない。

「でも、これで納得がいきました、ありがとうございます」

扇蔵は踵を返した。

「待て」

常次郎が呼び止めた。

「わしのほうからも幾つかききたい」

「へい」

扇蔵は振り向いて軽く頭を下げて、

「申し訳ありません。これから川田さまのところに戻らねばなりませんので、また改めて参上いたします」

そう言い、扇蔵は強引に立ち去った。

後ろで何か言っていたが、扇蔵は無視して門を出て行った。

それから、扇蔵は真行寺の納屋に行き、儀平の無事な姿を確かめて、帰途についた。

牛込御門を過ぎ、小石川から本郷を経て、本郷通りまでやってきた。ときおり、尾けられているような気がした。が、立ち止まって様子を窺うが、気配は消える。

気のせいかもしれない。だが、湯島の切り通しを経て、下谷広小路を突っ切って浅草に向かう途中、やはり何度も視線を感じた。

しかし、怪しい影は目に入らなかった。それでも、なるたけ人気のあるところを通って聖天町に帰ってきた。

そば屋の『喜洛庵』は灯が消えていた。そろそろ五つ半（午後九時）になるころだ。

裏から入り、離れに帰った。

行灯の灯を点けたとき、庭先にひとの気配がした。

「扇蔵さん、帰ったか」

亭主の万治の声だ。

「とっつあんか。入ってくれ」

「上がるぜ」

万治は庭先から濡縁に上がって障子を開けて部屋に入ってきた。

万治は五十を過ぎている。膝が痛いらしく片足を投げ出して座った。

「どうだ、何かわかったのか」

「だめだ、わからねえ」

扇蔵は顔をしかめた。

「そうか」

万治は煙草盆を引き寄せた。

万治は十年前に足を洗ったが、元は鈴鹿の伝蔵の手下だった。堅気になって、この地でそば屋をはじめた。

とはいっても、鈴鹿の伝蔵一味の集まりには部屋を使わせていた。その繋がりで、扇蔵も部屋を使わせてもらい、離れにも住まわせてもらっているのだ。

万治に千吉と伊八が殺されたことは話してある。

「五年前の隠れ家急襲のときに顔を合わせた火盗改の与力と、ばったり会ってしまい、殺す羽目になった。その与力の周りの連中の復讐かと思って調べてみたが、どうも違うようだ」

扇蔵は石井常次郎と会ってきたことを話した。

万治は煙管を口から離し、煙を吐いてから、

「敵の狙いはなんだろうな」

と、口にした。

「わからねえ。殺した与力に近い人間の復讐じゃないとしたら、あとは霞の東介なんだが」

「霞の東介がそんな真似をするとは思えねえ。同じ盗賊同士の仁義は当然弁えているはずだ」

「とっつあん、逆らうようだが、五年前に隠れ家を密告した奴がいる。俺は霞の東介だと思っているんだ」

扇蔵は語気荒く続ける。

「一度、鈴鹿の伝蔵一味と霞の東介一味が同じ商家に押し入ろうとしたことがあったんだ。そのとき、東介親分が引き下がった。そのことを恨んでいたと聞いたことがある。霞の東介は鈴鹿の伝蔵一味が邪魔だった。だから、密告したんだ」

「うむ。俺はそこが腑に落ちないのだ」

「腑に落ちないとは?」

「霞の東介が密告したってことだ。俺は何度か東介親分に会ったことがあるが、

そんなことをするようなお方とは思えなかった」

万治は目を細めて煙を吐いてから、

「じゃあ、他に誰がいるというんだ」

扇蔵はやりきれないように、

「おかしらは日頃からよく言っていた。俺は捕まれば獄門だ。だが、獄門にはならねえ。その前に自分で始末をつけると」

「そうだった。捕縛されるのは沽券に関わると口癖のように言っていた。お銀を殺したのも、お銀の首を獄門台に晒したくなかったのだろう」

万治はしんみりと言った。

「隠れ家を飛び出して田畑の中を闇雲に逃げる途中、隠れ家が炎に包まれたのを見たとき、胸が張り裂けそうだった」

扇蔵は呻くように言い、

「おかしらはお銀さんをずいぶん可愛がっていたが、そもそもどういうわけでお銀さんを養女にしたんだ？」

と、きいた。

「お銀は街道筋に出没していた枕探しのお連という女の娘だった。母娘で旅をしながら金を盗んでいた。そのお連が小田原宿で捕まった。お連が捕まったことを知ったおかしらは、残されたお銀のことが心配になって小田原まで行ったんだ。そして、物乞いをしているお銀を見つけた。お銀はまだ七つだったそうだ」

「おかしらとお連は顔見知りだったのか」

「三島宿の旅籠で、あろうことか、お連母娘はおかしらの部屋に忍び込んだらしい。それからの縁だ。お銀は気の強い女だった。おかしらはお銀を男のように育てた」

「お連は、その後どうしたんだ?」

「わからねえ。牢死したという話もあれば、解き放ちになったという噂もあった」

「おかしらは、お銀さんを我が子のように思っていたんだろうな」

扇蔵はしみじみ言う。

「扇蔵、俺はな」

万治は言い淀みながら、

「お銀はおかしらの手にかかって死んでよかったと思っているんだ」

と、呟くように言った。

「どうしてだ?」

扇蔵は啞然としてきく。

「町方に急襲されたとき、おかしらはお銀だけでも逃がそうと思えば逃がせたんじゃないのか。だっておめえたちだって逃げ果せたのだ」

「…………」

「確かに、万が一捕まってお銀の首を獄門台に晒すような目に遭わせたくないという気持ちがあったことは間違いない。だが、もうひとつの理由もあったんじゃないかと思っている。ひょっとしたら、俺の考えすぎかもしれないが」

「なんだ、もうひとつの理由って」

「お銀は鬼女だ。ひととしての心が育たないままおとなになってしまったんだ。お銀にあるのは冷酷さだけだ。ひとに対して思いやる気持ちなどなにもない。あのままお銀が生きていたらどうなったと思う?」

万治は表情を曇らせ、

「あの先、どれだけのひとを殺すようになったかわからない。お銀の末路は、結局は獄門台に首を晒すだけだ。だからおかしらは、お銀を逃がさず、自分の手で殺したんだ。俺はそう思っている」

「それで、お銀はおかしらの手にかかって死んでよかったと言うのか」

扇蔵はやりきれないように言ったあとで、

「確かに、お銀さんにはひとの心などなかった」

と、お銀に思いを馳せた。

「そうは思っても、お銀を手にかけたときのおかしらの気持ちを思うといたたまれない」

万治は深い溜め息をついた。

「やっぱり俺には、五年前に密告したのは霞の東介としか考えられねえ。東介親分の考えでなく、一味の誰かの一存（いちぞん）でやったのかもしれないが、それでも霞の東介がやったということだ。だから、今回もそうにちがいねえ」

扇蔵は憤（いきどお）った。

「そうだとして、霞の東介の狙いはなんだ?」

「俺たちが目障（めざわ）りなのかもしれない。『但馬屋』の押込みを成功させたことで、俺たちを警戒したんだろう」

扇蔵は想像を口にする。

「もしそうなら、標的はおめえたちだけでなく、益三や駒吉たちにも及ぶな」

万治は煙を吐いた。

「そこまでするだろうか」

扇蔵は呟いてから、

「とっつあんは霞の東介の居場所を探ることは出来ないか」

と、きいた。

「この店には裏稼業の親分さんも来る。それとなく、きいてみよう」

「すまない」

「いや」

万治は灰吹に雁首を叩きつけて灰を落とし、

「じゃあ、俺は引き上げる」

と、腰を上げた。

「とっつあん、何か話があったんじゃないのか」

「いや、今度にしよう。ともかく、霞の東介のほうが片づいてからだ。わかるまで、ひとりの外出は控えたほうがいい」

万治が引き上げたあと、扇蔵は改めて敵の狙いを考えた。

霞の東介だとしたら、こっちの勢力の弱体化、あるいは壊滅を狙ってのことであろうが、ほんとうにそこまで俺たちが脅威なのだろうか。それより、敵は次に誰を狙うのか。

外で物音がして驚いて立ち上がった。風で何かが倒れたようだ。見えない敵がすぐ傍まで近づいてくる――。扇蔵はそんな恐怖に襲われていた。

五

翌日の朝、剣一郎は『若松』の土間で、女将から話を聞いた。

「四人のうちのがっしりした体格の男がやって来て、川田さまといっしょだったお方の名を教えてもらいたいと。わけを訊ねると、私たちが四人掛かりで川田さまを殺したという噂が立っているので、その誤解を解きたいのだと」

「それで、石井さまの名を教えたのですね」

「つい、口にしてしまいました」

女将は俯いて言い、

「それから、町方が来たのかと聞かれ、青柳さまがいらっしゃったことをお話ししてしまいました」

「構わぬ」

剣一郎は安心させるように言い、

「そのことで、男はどんな様子であったな」

「ちょっと表情が変わりましたが、あとは落ち着いたままでした」

「名前は名乗ったのか」

「いえ」

「わかった。よく知らせてくれた」

剣一郎は『若松』を出てから石井常次郎の組屋敷に向かった。

先手組の与力は月に四、五回の諸門の警備があるだけで、非番が多い。常次郎の組屋敷を訪ねると、やはり非番で屋敷にいた。

客間で、常次郎と差向かいになった。

「昨日、がっしりした体格の三十二、三の男がお訪ねになりませんでしたか」

「来た。川田与五郎とちょっとした縁があった者だと言っていた」

常次郎は答えた。

「どのような用件で？」

「久しぶりに川田さまをお訪ねしたところ、お亡くなりになったとお聞きしてびっくりしました。最後に会っていたのが石井さまと知り、事情をお聞かせ願えればと、もうしておった」

「話はそれだけでしょうか？」

「お濠に落ちて亡くなったのはほんとうかと言っていたが、そのうち急いで引き上げて行ってしまった」

「なるほど」

男は常次郎が刺客を送ったのではないかと疑い、確かめにきたのだろう。

「青柳どの。いったい、あやつは何者なのでござるか」

常次郎が眉根を寄せてきいた。

「川田どのを殺した者たちのひとりです」

「殺した？　どういうことだ」

常次郎は顔色を変えた。

「川田どのは酔っぱらってお濠に落ちたのではありません。『若松』で出くわした四人に殺されたのです。その四人は五年前の鈴鹿の伝蔵一味の隠れ家を急襲したとき――」

剣一郎は事情を説明した。

「その四人のうち、ふたりはこの十日ほどの間に殺されました」

常次郎は目を見開いて聞いている。

「昨日の男は、川田どのの復讐のために、石井さまが刺客を放ったのではないかと考え、そのことを確かめにきたのでありましょう」

「そのようなことが起こっていようとは」

常次郎は唇(くちびる)をかみしめた。

「あの男も仲間が誰になぜ殺されたのかわかってないようです。石井さまを直接訪ねてきたということはかなり焦っているのでしょう」

剣一郎はそう推測した。

しかし、仲間がふたりも殺されても、下手人の見当がつかないというのはなぜか。いったい、何者がふたりを殺したのか。

「お邪魔しました。私はこれで」

剣一郎は腰を上げた。

「何かわかったら、ぜひ教えてくだされ」

「承知しました」

剣一郎は屋敷を出た。

麹町の通りから帰途につこうとしたとき、前方から坂上吹太郎と岡っ引きの欽三、そして手下の春吉がやって来るのに出会った。

「青柳さま」

吹太郎が近づいてきた。

「どこへ？」

「麹町にある足袋問屋『美濃屋』です。殺された仙介は小間物屋として『美濃屋』に出入りしていたそうです。欽三が聞き込んできました」

「へえ、紀尾井坂で殺されたのは『美濃屋』に出入りしていた小間物屋だそうだと、棒手振りの男が話していたのを聞いたんです」

「そうか。今夜、わしの屋敷に来てくれ。京之進にもそう伝えてもらいたい」

「はい。承知しました」

吹太郎と別れ、剣一郎は奉行所に向かった。

吹太郎と欽三は足袋問屋『美濃屋』にやって来た。

店には商家の内儀（ないぎ）や武家の妻女ふうの女の姿も見られた。吹太郎と欽三は庭から勝手口に通された。

女中頭が応対に出た。

「紀尾井坂で殺された男がここに出入りしていたと聞いたが、ほんとうかえ」

欽三が口を開いた。

「はい。驚きました。まったく顔を出さなくなったので、どうしたのだろうと気にしていたら、紀尾井坂で殺されていたと知ってびっくりしました」

「どうして、小間物屋だとわかったんだね」

「殺された男の特徴がうちに来る仙介さんに似ていたんです。それに、女中のお峰が仙介さんの知り合いから殺されたと聞いたそうで」

吹太郎が口をはさんだ。

「そのお峰という女中はいるか。話を聞いてみたい」

「畏(かしこ)まりました」

女中頭は立ち上がり、勝手口を出て行った。

すぐに女中頭は若い女中を連れてきた。色白の目鼻立ちの整った娘だ。

「お峰か」

吹太郎がきく。

「はい」

お峰は怯えたように答える。

「仙介の知り合いから、仙介が殺されたことを聞いたそうだな」

「はい」

「その知り合いというのは男か」

「はい。三十二、三のがっしりした男のひとでした」

「その男はなぜ、わざわざおまえさんに告げにきたんだね」

「それは……」

お峰はまわりに目をやった。女中頭は遠くに離れているが、近くには他の女中の耳があった。

吹太郎は察して、

「すまないが、外に出てもらおう」

と、大きな声で言う。

「はい」

お峰は下駄を履いて外に出てきた。

「ひとがいるのでは言いづらかろう」

吹太郎はいたわるように言う。

「…………」

お峰はこくりと頷いた。

「改めてきくが、がっしりした体格の男はなぜ、仙介のことを告げにきたのだ？」

「私に付き合っているひとがいて、その男が仙介さんを殺したのではないかって」

「なるほど。仙介が誰に殺されたのかを調べていたようだな。で、なんと答えたのだ？」

「そんなひとはいませんと」

「その男は納得したか」

「はい」

「おまえさんは仙介と親しい間柄だったんだな」

吹太郎はきいた。

「はい」

「どの程度の仲だったのだ？」

「所帯（しょたい）を持とうと言ってくれました」

お峰は一気に感情が溢(あふ)れたようで、涙ぐんだ。

「しかし、外で会う暇はなかろう」

「夜、こっそり」

「夜？　どこで？」

「裏口を出て、すぐのところに空き地が……」

「そなたが裏口から出て行くのか」

「はい」

「その間、裏口の錠(じょう)は？」

「そのままです」

「そこで、何度か会っていたのか」

「一度だけです」

「一度だけ？」

「はい。二度目に会う約束の日の前に殺されて……」

お峰は嗚咽(おえつ)をもらした。

「二度目の約束か」

仙介こと千吉が押込みの一味だと知ったら、お峰は卒倒(そっとう)するかもしれない。

お峰は勝手口のほうをちらっと見て、

「そろそろ戻りませんと」

「よし。あっ、その後、仙介のことを告げにきた男は現われないのだな」

「はい」

「わかった。ごくろうだった」

お峰は戻って行った。

「旦那。『但馬屋』の次の狙いはここだったのですね」

欽三がきいた。

「そうだ。だが、千吉が殺されて中止にしたのだろう」

それにしても、いったい誰が千吉を殺したのか。その手掛かりはいまだに摑めない。


その夜、剣一郎の屋敷に最初に坂上吹太郎がやって来た。

「いらっしゃい。お鈴(すず)ちゃん、お元気？」

多恵が吹太郎の三歳になる娘のことをきいた。

「はい。とても元気です」

吹太郎はうれしそうに言う。

「可愛くてなりませんね」

「わしもるいが三歳ぐらいのときを思い出す」

剣一郎も思わず顔を綻ばせた。

「おまえさまもずいぶん甘い父親でございました。きっと、吹太郎どののもそうなのでしょうね」

「はい。それで、お静によく叱られます」

吹太郎は苦笑して、

「多恵さまにいろいろ教えていただき、お静も感謝しております」

「お静さんによろしくね」

そう言い、多恵が部屋を出て行ったあとに植村京之進がやって来て、剣一郎も吹太郎も顔つきが変わった。

太助も加わって、さっそく話し合いがもたれた。

最初に剣一郎が『若松』に現われた男の話をし、次に吹太郎が『美濃屋』の女中に仙介こと千吉の死を知らせた男の話をした。

「同じ男だ。仲間を殺した下手人の見当はまったくついていないようだな」

剣一郎は、三十二、三歳のがっしりした体格の男に思いを馳せた。

「おそらく、川田どのは隠れ家を襲ったとき、この男と顔を合わせたのだろう」

「柳原の土手で死んでいた男の住まいはいまだにわかりません。申し訳ありません」

京之進が頭を下げた。

「いや、仮に住んでいたところがわかっても、千吉の場合と同じようにそれ以上の詳しいことは難しかろう。押込みの一味だということだけで十分だ」

剣一郎は京之進を慰め、

「問題は押込み一味のふたりを殺した下手人の狙いだ。狙いがわかれば下手人の推測もつく」

「一年前に芝で押込みを働いた霞の東介の仕業ということは考えられませんか？霞の東介が一年ぶりに押込みを企てていたときに、鈴鹿の伝蔵の残党が『但馬屋』に押し込んだ。これが霞の東介にとっては許せなかったのでは」

京之進が考えを述べた。

「私もそう思います」

吹太郎も身を乗りだして、

「霞の東介は、鈴鹿の伝蔵の残党の動きを探らせていたのではないでしょうか」

「わしは盗賊同士がつぶし合いをするということがひっかかるのだ。裏稼業の者なりの仁義があると思っている。鈴鹿の伝蔵と霞の東介はお互いに相いれないものがあったのかもしれないが……」

剣一郎が言うと、吹太郎が気負って、

「五年前、鈴鹿の伝蔵の隠れ家を密告したのは霞の東介なのではないでしょうか」

と、訴えた。

「密告は、そなたの屋敷に文（ふみ）が投げ込まれたのだそうだな」

剣一郎は吹太郎に顔を向けた。

「はい。半信半疑（はんしんはんぎ）だったので、捕り方の人数は少なく、たまたま途中で出会った当時の火盗改の川田さまに同行をお願いし、深川亀戸村の羅漢寺近くの空き家に行きました。そうしたら、一味の者が確認され、応援を頼む余裕もないので、そのまま踏み込んだのです」

吹太郎は息継ぎをして、

「鈴鹿の伝蔵はお銀という娘を殺して焼身して果てましたが、他の主だった五人を捕まえることが出来ました。これで、鈴鹿の伝蔵一味は壊滅したのです。その捕まえた五人は、死罪になる前まで、密告は霞の東介の仕業だとして恨んでいました。今回、その残党が復活したことで、霞の東介は復讐を恐れたのではありませんか」

「確かに、一理ある」

剣一郎は腕を組んだ。

「青柳さま」

京之進が口をはさんだ。

「霞の東介のことは、火盗改が追っています。火盗改から何か手掛かりが得られるのではありませんか」

「確かに、火盗改与力の長瀬長治郎どのも同じように考え、霞の東介一味の動きを調べてみると言っていた。だが、火盗改も手蔓(てづる)は冬吉しかいないようだ。解き放された冬吉は見張られていることがわかっているせいか、不審な動きはないと聞いた。長瀬どのは冬吉を問い詰めてみると言っていたが、拷問(ごうもん)にも音(ね)を上げない男だ。何も喋るまい」

「火盗改もお手上げですか」

京之進が気落ちしたように言う。

「あの……」

それまで黙って聞いていた太助が口を開いた。

「太助、遠慮せずに思うことがあれば言うのだ」

剣一郎は促す。

「へい」

太助は顔を上げ、

「殺されたふたりは油断しているところを殺られているんですよね。下手人は顔見知りじゃありませんか」

「そうだな、肝心なことを忘れていた。太助の言うとおりだ」

剣一郎は太助を讃えた。

「やはり仲間割れですか」

吹太郎が口にした。

「しかし、そうだとしたら、がっしりした体格の男はどうしてそのことに気づかないのでしょうか」

京之進が疑問を差し挟んだ。

「仲間割れというより、仲間に裏切り者がいるのかもしれない。とうてい裏切りとは無縁と思える者が裏切っているのかもしれない」

剣一郎はそう言ったが、何かしっくりいかない。

「青柳さま、何かご不審が？」

吹太郎がきく。

「なぜ、殺しがこの時期だったのか」

剣一郎は疑問を口にした。

「『但馬屋』に続いて、『美濃屋』に押し込む寸前の殺しだ。裏切り者がいたとしても、『美濃屋』の押込みを済ませたあとでもよかったはずだ」

「『美濃屋』の押込みに当たって意見の相違があったのでは」

京之進が答える。

「そういうことも考えられる。いずれにせよ、残ったふたり、がっしりした体格の男と鰓（えら）の張った四角い顔の男を探すことだ。そして」

剣一郎は間をとってから、

「考えたくはないが、万が一、どこぞで三十過ぎの男の死体が見つかった場合、ホトケを確かめようとそのふたりのどちらかが現場に来るかもしれない。不審な者がいたら、あとを尾けるのだ」

それしか指示できないことに、剣一郎は忸怩たる思いに駆られていた。

第三章　裏切り

一

　翌日の朝、浅草聖天町にあるそば屋『喜洛庵』の離れに、益三と駒吉がやってきた。

「早いな。まあ、上がれ」

「へい」

　ふたりは庭先から濡縁(ぬれえん)に上がった。

　部屋に入って向かい合って座る。

「伊八兄(あに)いの借りていた家の近所で聞き込みをしてきましたが、家を訪ねてくる者はいませんでした」

　益三が切り出した。

　伊八は神田三河町一丁目にある一軒家を借りていた。たまたま空き家があった

のだ

な」

「そうか。一軒家だから、伊八が帰ってきていないことに気づいていないのだ

「まだ、町方は現われていません。素性はつかめていないようです」

ので、借りたのだ。

「ええ」

益三に代わって、駒吉が口を開いた。

「坂上吹太郎って同心が『美濃屋』に入っていきました。どうも、千吉兄いが女中と親しくなっていたことがわかったようです」

「それなら、俺たちが『美濃屋』に押し込もうとしていたことにも気がついたな。気づかれてなくても、今の俺たちには押し込む力はないがな」

「おかしら。そんな気弱なことは言わないでくださいな。千吉兄いと伊八兄いがいなくたってきっとうまくいきますって」

「いずれそうしなきゃならねえが、今はふたりを殺した下手人を探さなきゃならねえ。もし、殺ったのが霞の東介一味だったら、俺たちを全滅させるつもりだと考えたほうがいい。おめえたちも命を狙われるってことだ」

「…………」

「いろいろ悩んだが、下手人は霞の東介一味としか考えられねえ」

扇蔵にはそうとしか思えなかった。

「でも、千吉兄いも伊八兄いも油断しているところを襲われたそうですぜ。千吉兄いと伊八兄いは、霞の東介一味の誰かと付き合いはあったんですかえ」

益三がきいた。

「いや、ない」

「だったら、警戒するんじゃないですか」

「いや。付き合いはないが、霞の東介の一味の者だと言って近づいたら、かえってあまり警戒はしないかもしれねえ」

「でも、最初の千吉兄いはともかく、伊八兄いは千吉兄いが殺されたあとですから油断するなんてことは……」

益三が異を唱える。

「うむ」

扇蔵は唸った。

確かにそうだが、霞の東介の仕業以外に思い浮かぶことはないのだ。

「今、とっつあんに、霞の親分を探してもらっている。会って決着をつけるつもりだ」

「わかりました」

「おめえたちも十分に気をつけるんだ。いいな」

「へい」

ふたりが引き上げたあと、急に心ノ臓の鼓動が激しくなった。胸騒ぎがしたのだ。

扇蔵は外出の支度をした。

一刻（二時間）後、扇蔵は四谷にある真行寺の門を潜った。境内に儀平の姿は見えない。扇蔵はまっすぐ本堂の裏手にある納屋に向かった。

納屋の戸の前に立ち、儀平と呼びかけた。

返事がないので、軋む戸を開ける。

暗い小屋に陽光が入り込んだ。ひとの気配はなかった。

外に出て、もう一度境内を見回す。儀平の姿はなかった。しばらく、本堂の前に立っていたが、戻ってくる気配はない。

どこかに出かけたのかもしれない。あるいは、俺のところか。行き違いになったのかもしれないと思い、扇蔵は引き返した。

浅草聖天町に帰ってきたが、儀平は来ていなかった。

敵の正体を掴もうと必死なことはわかるが、儀平とて手掛かりはないはずだ。まさか、敵を誘い込むためにあえて外を歩き回っているのでは……。

胸騒ぎは消えない。やはり、儀平といっしょにいるべきだった。そんなことを思っていると、庭先で万治の声がした。

「扇蔵、いるか」

「とっつあんか。上がってくれ」

扇蔵が声をかけると、万治は濡縁から部屋に入ってきた。

「俺と同じで、今は足を洗って骨董屋をやっているが、昔盗賊の仲間だった男に会ってきた。その男は盗品を扱っているので、盗人が出入りをしていて、いろいろな噂を知っている。そして、霞の東介のこともきいてきた」

万治は腰を下ろして言う。

「一年ほど前に芝で押込みをやってから、霞の東介は動いていない。どうやら、霞の東介は病で臥せっているようだ」

「霞の親分が病に？」

「その男も詳しいことはわからないそうだ。ただ、数か月前に、冬吉っていう霞の東介の手下が骨董屋に現われて、そのようなことを言っていたそうだ」

「冬吉？」

「知っているのか」

「『但馬屋』の押込みの下手人として火盗改に捕まったやつだろう」

「そうだ。『但馬屋』の下男を手なずけた伊八と特徴が似ている。それで、火盗改は冬吉を捕まえた。しばらくの間、調べを受けていたが、冬吉は疑いが晴れたのか解き放ちになった。ただ、火盗改は冬吉を霞の東介一味と見てずっと見張りを続けているそうだ」

万治は顔をしかめ、

「そういう状況を見ると、霞の東介一味が千吉と伊八を殺したってことは俄に信じられねえ」

「霞の東介ではないと？」

「いや、はっきりとは言い切れねえが。他の手下が何らかの理由で襲ったとも限らねえからな」

「…………」

扇蔵は考え込んだ。

霞の東介ではないとすると、ますますわからなくなる。

「扇蔵」

万治が厳しい顔をした。

「おめえは外にばかり目を向けているが、内は問題ないのか」

「どういうことだ？」

扇蔵は訝って（いぶか）きき返す。

「身内だよ」

「身内？　ばかな」

扇蔵は吐き捨てた。

「仲間に裏切り者がいるって言うのか。そんなことはありえねえ」

「そう言い切れるのか」

「もちろんだ。仲間割れなどありえねえ」

「たとえばだ、何か不満を持っている者はいねえと言えるか」

「…………」

「おめえに取って代わって、自分がおかしらになろうと思う者はいないと、自信を持って言えるのか」

万治は鋭(するど)くきく。

「どうなんだ？」

「考えられねえ」

扇蔵は息苦しくなって喉(のど)に手を当てた。

「俺だって一味の者を疑っているわけじゃねえ。ただ、おめえが心配なだけだ。敵の次の狙いはおめえかもしれねえからな」

「…………」

「十分に気をつけるこった」

万治は腰を上げた。

「待ってくれ」

扇蔵は呼び止め、

「とっつあんはどう思っているんだ？　とっつあんの考えを聞かせてくれねえか」

と、眉間(みけん)に深い縦皺(たてじわ)のある万治の顔を見つめた。

万治は立ったまま、

「おかしらになりてえと思うのは誰だと思う？」

「とっつあんは儀平を疑っているのか」

「そういうことも考えられなくはないという話だ。疑っているわけじゃねえ。ただ、そう考えれば千吉と伊八が油断していたことも、ふたりを殺した理由も説明がつく。あとひとり、おめえを殺れば……」

「冗談じゃねえ。儀平はそんなやつじゃねえ」

扇蔵は吐き捨てる。

「そうだ。おめえの言う通り、儀平はそんな男じゃねえ」

「じゃあ、なぜ、そんな話をしたのだ？」

「仲間だからって安心するなって言いたいだけだ」

「………」

ふと、万治は再び腰を下ろし、

「今まで誰にも話さなかったが、五年前のいつだったか、珍しくおかしらがうちにやって来たんだ」

「鈴鹿の伝蔵親分が？」

「うむ。俺を相手に酒を呑(の)んでいたが、ふとこんなことを言った。ひとってのはどこまで信頼していいものかと呟いたんだ」

万治は遠くを見るように目を細め、

「おかしら、何かあったんですかってきいたら、手下の動きがおかしいと」

「手下の動き？」

「誰のことかはわからないが、はっきりそう言ったんだ。どういうことなんですかときいたが、おかしらは黙っていた。そのときの表情がやけに険しかったのを覚えている」

「裏切り者がいたってことか」

扇蔵は当時下っ端だったので、おかしらの周辺で何が起きているかはまったくわからなかった。

「うむ。俺は鈴鹿の伝蔵に取って代わろうとした者がいたんだと今はそう思っている。おかしらが信じていた男だろう」

「………」

そのことが、あの密告と関係があるのだろうか。

万治が引き上げたあと、扇蔵は考え込んだ。裏切りという言葉が頭の中で膨らんでいった。

五年前、誰かがおかしらを裏切ったのか。いや、おかしらだけではない。一味は壊滅したも同然だった。

あのとき、逃げ果せたのが扇蔵に千吉、伊八、それに儀平の四人だ。裏切り者がいたとしたら、この中の誰かだろう。他の者は皆捕まったからだ。

そして、今また裏切り者が出たとしたら……。扇蔵を除いた三人のうち、千吉と伊八は殺された。残るは儀平……。

まさか、儀平が……。

ありえないと思う一方で、儀平なら千吉と伊八は油断するだろうという考えが浮かんだ。儀平がそんな邪な考えを持っていようとは思わないはずだ。

扇蔵は落ち着かなくなった。確かめないわけにはいかない。これから日が暮れようとする刻限だ。居ても立ってもいられず、もう一度真行寺まで出向こうとして、扇蔵は思い止まった。

儀平を問い詰めても正直に言うはずはあるまい。否定されたとき、とぼけているのか、ほんとうに殺しと関係ないのか、見極めがつかない。

扇蔵は迷ったがようやく腹を決めた。このままあれこれ考えて過ごすより、思い切って対峙すべきだ。

扇蔵は匕首を懐に隠して離れを出た。陽が傾き、浅草寺の五重塔の向こうから西陽が射していた。

桜も花はほとんど散り、葉が多くなっていた。季節の移ろいに思いを向ける余裕もなく、扇蔵は四谷に向かった。

真行寺に着いたとき、あたりは暗くなっていた。

境内を突っ切り、本堂の脇から庫裏の奥にある納屋に向かった。戸の隙間から微かに灯りが漏れていた。

静かに近づき、戸の隙間から中を覗く。

儀平が匕首の刃を研いでいた。ふいに儀平は立ち上がり、匕首を構えた。

「誰だ?」

「俺だ。扇蔵だ」

戸を開けようとしたが心張り棒がかかっていた。

「待ってくれ」

儀平が心張り棒を外して戸を開けた。

「おかしら、どうしたんだ、こんな刻限に?」

「そんな物騒なものは仕舞え」

「あっ、すまねえ」

儀平は握っていた匕首を鞘に納めた。

「昼前に寄ったんだ」

「そうか。まあ、座ってくれ」

ここで襲ってくるとは思えず、扇蔵は儀平と差し向かいになった。

「どこに行っていたんだ？」

「紀尾井坂から柳原の土手を歩いてきた」

儀平は厳しい声で言う。

「なぜ？」

「襲われるのを待っていられねえ。誘い出してやろうと思いましてね」

儀平の表情を窺うが、行灯の灯の影になっていてはっきりわからない。

「危険だと思わないのか」

「百も承知です」

「敵のことで何かわかったのか」

「…………」

「どうした？」

「いや」

「何か隠しているんじゃねえのか」

扇蔵は鋭くきく。

「まだ、口には出来ねえ」

「なぜだ？」

「いい加減なことを言うなと、おかしらに叱られそうだ。自分でも疑心暗鬼になっているのかもしれないと思うんで」

「こんな状況だ。思っていることは何でも言ってみろ」

「へえ」

儀平はまだぐずぐずしていた。

「どんなことでもいい」

「わかりました」

儀平は意を決したように顔を向け、

「俺が一番気になったのは千吉と伊八のふたりとも油断していたってことだ。まさか、襲ったりしまいと思っていたから、手向かうことなく殺られたんだ」

「だから、誰だと言うんだ」

　扇蔵は焦れてきいた。

「益三だ」

「なんだと」

「おかしらは気づいていないか。益三は若い奴からの人望が厚い。いや、若い奴らの歓心を買うために俺たちへの不満を口にしているんだ。一度、『喜洛庵』の二階に若い奴だけになったとき、益三はおかしらを非難するようなことを言っていたんだ。おかしらはいつも四人だけで決めて、俺たちを道具のように使っているだけだと。俺はたまたま廊下で聞いてしまった」

「益三がそんなことを言っていたのか」

「ああ、そうだ。おかしらが古株の三人と、他の六人とを差別していると反感を持っているんだ」

「…………」

「益三は俺たちを排除して、自分たちだけでやっていこうとしているんじゃねえか」

「ばかな。益三たちだけで出来るものか。あいつらだってわかっているはずだ」

「自分たちだけで出来ると、益三は勘違いしているんじゃないですかえ。だから、益三を誘き出すために柳原の土手を歩いていたんです。奴の住まいは神田相生町ですからね」

扇蔵は、儀平の顔を見据える。

本心からの訴えか、それとも自分への疑いを逸らすための方便か。

「おかしらも益三には気をつけてくださいよ」

「うむ」

気持ちの整理がつかないまま、納屋を出た。

山門に近づいたとき、暗がりに黒い影が走ったような気がした。あわててそのほうに目をやったが、静かだった。

少し、心が過敏になっているのかもしれない。扇蔵はそのまま山門を出て、真行寺をあとにした。

浅草聖天町に辿り着くまで何度も懐の匕首をつかんだが、何事もなく『喜洛庵』の離れに帰ってきた。

二

木漏れ日(こもび)が、倒れている男の顔を照らしていた。湯島聖堂裏の塀の外に木々が立ち並んでいる。その樹の下で男は死んでいた。

駆(か)けつけた京之進はホトケの顔を見てあっと叫(さけ)んだ。鰓の張った顔は例の四人のうちのひとりの特徴と同じだ。

腹部に二カ所、そして喉も裂(さ)かれていた。死後半日は経っている。殺されたのは昨日の夜だろう。

傍(かたわ)らには男のものらしき匕首が落ちていた。周辺には争ったあとがあった。前のふたりとは違い、この男は手向かっている。最初から警戒していたのだろう。だから、匕首を用意していたのだ。

京之進は小者を八丁堀の剣一郎の屋敷に知らせに走らせ、改めてホトケの持ち物を調べた。

紙切れが出てきた。広げると、角張った文字で何か書いてあった。

――千吉、伊八を殺した男を教える。これから湯島聖堂裏まで来い。

ここまで誘き出されたのだ。先に殺された男の名を記してあることから、この男も信じたのだろう。

「旦那、これで三人目ということですね」

岡っ引きが口惜しそうに言う。

「柳原の土手で死んでいたのが、伊八という名のようだ。しかし、まったく下手人の姿が見えてこぬ」

京之進は憤然と言う。

「野次馬に注意をしろ。近くに仲間がいるかもしれない」

「へい」

そこに太助が駆けつけてきた。

「京之進さま。ホトケは？」

「三人目だ」

『美濃屋』に出入りしていた仙介こと千吉の名が記されている。三件の殺しは、やはり繋がりがあったのだ。

「そうですか」

太助は野次馬のほうに目をやった。

真剣な顔でホトケのほうを見ている若い男がいた。単なる野次馬か。狙いはがっしりした体格の男だ。

京之進は、このホトケがどの方角からやってきたのか探ろうと左右を見た。小石川御門方面からか筋違御門のほうからか。それとも昌平坂を下って……。

おやっと思った。太助が筋違御門のほうに走って行くのが見えた。がっしりした体格に当てはまる男は野次馬の中にいなかった。

太助は誰かを追って行ったのか。不思議に思いながら、京之進はもう一度ホトケの前に戻った。


扇蔵の朝の目覚めは悪かった。不吉な夢を見た。

夢の中で、千吉と伊八、それに儀平の三人が並んで庭先に立っていた。

何か用かと声をかけたが、千吉と伊八は軽く会釈して踵を返した。すると、儀平までが体の向きを変え、ふたりのあとについて行こうとしたのだ。待て、儀平。おめえはそっちに行っちゃいけねえんだと、扇蔵は怒鳴った。だが、儀平は振り返ることなく遠ざかっていった。だから、ありったけの声を振り絞って、儀平と叫んだ。やっと儀平が立ち止まって振り返った。だが、その顔は髑髏だった。

扇蔵はうなされて目を覚ました。

昨夜、儀平と別れ、山門に向かったとき、暗がりに黒い影が走ったような気がした。そのことが今になって気になる。

起き上がったが、頭が重たい。いやな夢のせいで、よく眠れなかった。

厠から戻ったとき、走ってくる足音がした。

扇蔵はすぐに障子を開けた。また、駒吉だった。一瞬、伊八の死を聞いたときのことが頭を過った。

「何かあったのか」

自分でも声が震えているのがわかった。

「儀平兄いが殺されました」

駒吉は悲鳴のような声で言う。

「儀平が……」

扇蔵はあとの言葉を失った。

ついに儀平までと、扇蔵は胸を掻きむしりたくなった。

「湯島聖堂の裏です」

「なぜ、そんなところで……」

「近くに匕首が落ちていました」

「儀平は手向かったのか」

「そうだと思います。おかしら、どうしますかえ」

駒吉が確かめる。

「行かねえ。行っても無駄だ」

扇蔵は溜め息交じりに言う。

「そうですか。今夜、集まりますかえ。皆に伝えておきます」

「そうしてもらおう」

「へい」

「待て」

「昨夜、益三といっしょだったのか」

「いえ、昨夜は別々です」

駒吉は引き上げて行った。

扇蔵は徳利と湯呑みを持って来て、部屋の真ん中に座り込んで酒を呑みはじめた。

一時でも儀平を疑ったことで自分を責めたくなった。それより、儀平の言っていたことが気になる。

益三は若い奴らからの人望が厚いという。若い奴らの中ではおかしら的な存在なのだ。しかし、上の四人を除いて自分がおかしらになったとしてもたかだか六人しかいない。六人で何が出来ると言うのか。

そう考えたとき、あることに思いが向かった。

霞の東介だ。今、病床にあるらしい。だから、一年前に芝で押込みを働いて以来、何の動きもなかったのだ。

だが、仕事をしていないのは霞の東介の病のせいだけだろうか。もしや、おかしらの病で、一味から抜けて出て行った者がいるのでは……。

霞の東介一味は数が減ってしまった。それで、霞の東介は益三に触手を伸ばした。益三もその誘いに乗った。

やはり、益三が千吉と伊八を殺したのだ。千吉と伊八については油断を突いての犯行だから益三の仕業であろう。しかし、儀平はそうはいかない。儀平は益三に疑いを持っていたから警戒していたはずだ。

儀平を殺った時は、霞の東介一味の誰かの手を借りたのかもしれない。

「いるか」

庭から万治の声がした。

「いるぜ」

扇蔵が応（こた）えると、障子が開いて万治が入ってきた。

「朝から酒か。何かあったのか」

万治が眉をひそめた。

「儀平が殺された」

「そうか」

万治が深くため息をついた。

「いつだ？」

「今朝（けさ）、湯島聖堂裏で死体が見つかったそうだ。とっつあん……」

「なんだ？」

「儀平は益三を怪（あや）しんでいた」

扇蔵は儀平から聞いた話をした。

「しかし、益三は若すぎる」

万治は言う。

「そこで考えたんだが、益三の背後に霞の東介一味がいるんじゃないか」

「若い奴らを引き連れて、霞の東介のもとに行くというのか」

「益三は俺のやり方に不満を持っていたそうだ。そんなときに、霞の東介一味から誘いがあったとすれば……。霞の東介一味はおかしらの病のせいで手下の何人かが見限って出ていってしまい、手下の数が足りなくなっていたはずだ」

「考えられねえ」

万治は首を横に振った。

「どうしてだ？」

「益三の立場になって考えてみろ。一味から抜けて出ていった者がいるようなところに行くと思うか。霞の東介がしっかりしているならともかく、おかしらが病に臥せっているような一味に加わりたいか。それも殺しまでして」

「じゃあ、益三の仕業ではないと言うのか」

「わからねえ。だが、そうだとしても、霞の東介と関係しているとは思えない」

万治は厳しい表情で言う。

「じゃあ、他に何が考えられる?」

「『但馬屋』から奪った金はどうした?」

「金?　金は隠してある。まさか……」

　扇蔵ははっとした。

「考えられるとしたら、その金だ。分け前はどうなっているんだ?　おめえたち四人が大部分をとって、残りを六人で分ける。そうなっているのではないか」

「いや、まだ分け方については話していない。『美濃屋』からの金と合わせてほとぼりが冷めたあとに……」

　扇蔵は言葉を止めた。

「ひょっとして、『但馬屋』から奪った金が狙いか」

「そのほうが腑に落ちる」

「ちくしょう」

　仲間に入れて、ここまで仕込んでやった恩を忘れやがってと、扇蔵ははらわたが煮えくり返った。

　だが、次の瞬間、唖然とした。

　益三が本性を剝きだしにして襲ってきたら、今となってはひとりで六人を相手にしなければならない。圧倒的に不利だ。

ただ、唯一のよりどころは金の隠し場所を知っているのは、扇蔵しかいないということだ。扇蔵を殺せば、益三たちも金が手に入らないことになる。

今夜、益三たちがやって来る。そこではっきりさせてやると、扇蔵は身の危険を感じながら益三たちと対峙をする覚悟を固めた。

夕暮になった。待乳山聖天の脇を通る。編笠に着流しの剣一郎は太助の案内で、浅草聖天町のそば屋『喜洛庵』の前にやって来た。

小女が出てきて、暖簾をかけた。

「若い男はここに入って行きました。離れにいたのはがっしりした体格の男でした」

湯島聖堂裏で死体が発見されたとき、二十五、六歳くらいの小柄な男の様子に不審を抱き、太助は男のあとを尾けた。

すると、このそば屋の庭に入って行った。太助はその足で忍び込んで離れにいる男を見つけ、剣一郎に知らせてきたのだ。

「忍んでみましょうか」

太助が言う。

「自分の目で確かめたいのだ」

剣一郎はそば屋の戸口が見通せる場所に移動した。

「このそば屋は十年ほど前からやっているそうです。亭主は万治という五十過ぎの男です」

太助は調べてきたことを口にした。

あたりが薄暗くなってきて、軒行灯に灯が入った。ふたりの女の客が入って行った。それから、しばらくして若い遊び人ふうの男がそば屋に向かった。

「あっ、あれが湯島聖堂裏からここまでやって来た男です」

太助が囁くように言った。

「どうしますか」

「様子をみよう」

剣一郎は言う。

それから、ふたり連れの若い男がそば屋の暖簾を潜った。それから、さらにふたりが続き、最後に細身の男が入って行った。

「青柳さま。二階の窓を」

太助が昂（たかぶ）った声で言う。障子が開いて、男が外を覗いた。がっしりした体格だ。

「あの男か」

「はい。離れにいた男です」

男は障子を閉めた。

「太助、さっきの男を含め、あとから入っていった者たちが店内にいるかどうか、確かめてくれるか」

「へい」

太助は二階の窓に注意を向けながら、そば屋の戸口に向かった。ちょうど太助の前に、年寄がふたり店に入るところだった。

太助はその年寄の背中に隠れるようにして戸口まで進んだ。年寄が店に入ると同時に、引き返してきた。

「いません。やはり二階です」

「押込みの一味が集まっているのだろう」

「どうしますか」

「ふたりだけでは何人かは取り逃がしてしまう。夜陰（やいん）に紛（まぎ）れられては追っても見失うかもしれん。しばらく泳がせてみよう」

　剣一郎はそば屋の二階に目をやった。

　扇蔵は腕組みをしたまま、益三以下六人の顔を鋭い目で見た。その表情は険しい。

「聞いたと思うが、儀平も殺された」

「……………」

　皆、無言だ。

「下手人が誰か想像さえつかん」

　扇蔵はそう言い、益三の顔を見た。

「次はおかしらが狙われるんじゃありませんか」

　益三が口にした。

　威(おど)しか。今に化(ば)けの皮を剝(は)いでやると、扇蔵は下腹に力を込めた。

「これからはあっしらがいつもお供します」

　駒吉が言う。

「ありがとうよ。俺のこともそうだが、今後のことだ。三人も殺されちまって、どう立て直していけばいいか、見当もつかねえ。おめえたちの考えをきいてえ。益三どうだ？」

「へえ」

益三は困惑の表情になったが、

「今一番大事なのはあっしらが結束することじゃありませんか。それはなにより、おかしらを守ることです」

「俺を守ることが結束に繋がると？」

扇蔵はしらじらしい思いできいた。

「そうです。おかしらを守りながら、敵の正体を暴き、三人の仇を討つんです」

「仇を討ちたいのはやまやまだ。だが、敵の正体が皆目わからねえんだ」

心の内で何を考えているのか、扇蔵は益三の顔色を窺う。

「待っていても仕方ありません。こっちから攻めていくしかないじゃありませんか」

益三は身を乗りだし、

「わけはわかりませんが、敵の狙いはおかしらや兄いたち四人の命だと思います。必ずや、次の狙いはおかしらです」

益三はいけしゃあしゃあと言う。扇蔵は黙って聞いていた。

「おかしらを囮にして相手に襲わせる。あっしたちは遠くから見守りながら、おかしらが襲われたらすぐ加勢に入る……」

そういう手できたかと、扇蔵は内心では嘲笑したが、

「それしか打つ手はないようだな」

と、真顔で答えた。

「しかし、うまくいくと思うか」

「やらなきゃなりません。おかしらまで失ったら、あっしたちは路頭に迷います」

益三は強い口調で言う。

「もし俺が殺られたら、霞の東介一味に頭を下げて手下にしてもらうんだ」

扇蔵は益三の反応を窺う。

「そんなこと出来ませんよ」

駒吉が即座に否定した。

「どうしてだ?」

「だって、あっしたちはおかしらの下できょうまで来たんです。よそに行って三

下(した)からやり直すなんて御免(ごめん)です」

　他の者も頷(うなず)いた。

「おかしら」

　益三が厳しい顔を向けて、

「古い仲間が三人も殺されて落ち込む気持ちもわかりますが、ここはあっしたちのためにも踏ん張ってくださいな。あっしたちは鈴鹿の伝蔵一味を継いだおかしらの下でやっていきたいんです」

「…………」

　益三の真剣な眼差(まなざ)しに、はじめて扇蔵の心がゆらいだ。益三の訴えに、芝居(しばい)ではない真情が窺えたのだ。

「わかった。おめえたちの言うとおりに闘う」

　扇蔵は意を決して言う。

「あっしたちも必ず親分を守ります」

　益三は訴える。かつて、益三がこれほど熱くなったことはない。そのことに、扇蔵は戸惑いを覚えた。

「その前に肝心(かんじん)なことを話しておこう。『但馬屋』から盗んだ金の隠し場所だが」

扇蔵は相手を試すように、あえて金の話を持ち出した。

「おかしら」

益三が制して、

「今は見えない敵と闘うことが第一、金のことは二の次です。おかしらの身にあっしたちのこれからがかかっているのですから」

と、偽り(いつわ)りと思えない気持ちを込めて言う。

「そうか」

扇蔵は満足げに頷いた。

「でも、おかしら」

と、駒吉がいきなり口をはさんだ。

「こんなこと言っていいかわかりませんが、万が一のことを考えていたほうがあっしらも安心なのですが」

「なんだ、言ってみろ」

「へえ。おかしらに万が一のことがあったとき、金の隠し場所がわからなくなってしまいます」

「待て。そのことなら益三が言ったはずだ。金は二の次だと」

「へえ、そのとおりです。でも、せめて益三兄いだけにでも金の隠し場所を教えておいてもらったほうが……」

「駒吉、よせ。そんなこと必要ない」

「でも、みんなも気にしています。皆を安心させるためにも、せめて益三兄いだけにでも教えておいてもらったほうが」

「おめえたちの気持ちもわからなくはねえが……」

益三は困ったような顔をした。

扇蔵は急に心が冷えていくのを感じた。益三と駒吉の台詞(せりふ)は最初から示し合わせていたものに違いない。

益三や駒吉の本性が透(す)けて見え、扇蔵はしらけたが、

「わかった。いいだろう。隠し場所は……」

千吉たちを殺したのが益三かどうかわからないが、仮にそうではなかったとして、益三たちは真剣に俺を守る気はないと悟らざるを得なかった。

五つ(午後八時)を過ぎたころ、二階の灯が消えた。

男たちがばらばらに出てきた。六人だ。

その中の兄貴ぶんらしい風格の男を見て、

「わしがあの男のあとを尾ける。おまえは小柄な男だ」

剣一郎は太助に言う。

「へい」

六人はぞろぞろ花川戸に出て、吾妻橋（あずまばし）のほうに向かう。

やがて雷門（かみなりもん）のほうに四人が行き、兄貴分の男と小柄な男は駒形町に入った。

剣一郎と太助はふたりのあとを尾ける。

蔵前に差しかかり、鳥越橋（とりごえばし）を渡ったあと、兄貴分の男が右に折れた。

まっすぐ行く小柄な男を尾ける太助と分かれ、剣一郎は兄貴分のあとを尾けた。

やがて武家地に入り、七曲（ななま）がりと呼ばれる鉤形（かぎがた）にいくつも曲がる通りを抜け、向柳原（むこうやなぎわら）に出た。

そして、神田相生町に入り、鼻緒（はなお）屋と下駄（げた）屋の間にある長屋木戸を潜った。

木戸口から路地を見ると、男は一番奥の家に消えた。

三

翌日の朝、剣一郎の屋敷に植村京之進と坂上吹太郎がやってきた。今朝早く、ふたりのもとに使いを出したのだ。

ふたりは緊張した顔で剣一郎の前に控えた。

「あの、がっしりした体格の男を見つけた」

いきなり、剣一郎は口を開いた。

剣一郎は太助が男を見た経緯を語り、

「浅草聖天町のそば屋『喜洛庵』の離れに住んでいる。そこに一味の者らしい六人の若い男たちが集(つど)ってきた」

そのうちのふたりの住まいを、太助と手分けして探り出したことを告げ、

「おそらく、この者たちは『但馬屋』に押し込んだ連中に違いない。だが、捕縛(ほばく)するには証(あかし)がない。そこで、この三人を見張りたい」

剣一郎は吹太郎に顔を向け、

「そなたは、浅草聖天町のそば屋『喜洛庵』の離れに住むがっしりした体格の男

を受け持つのだ」

「はっ」

吹太郎はすぐに応じる。

「京之進は神田相生町の長屋に住む男だ。太助はきのう尾けた平右衛門町に住む男から目を離すな」

「わかりました」

京之進が意気込んで答える。

「わしは『喜洛庵』の亭主のことを調べる。では」

「はっ」

吹太郎と京之進は勇んで飛び出して行った。

「太助。無理はするなよ」

「はい」

剣一郎は編笠をかぶり、浪人の姿で、太助といっしょに屋敷を出た。

途中で太助と分かれ、剣一郎は永代橋を渡った。

佐賀町から仙台堀に沿って、今川町にやってきた。剣一郎が向かったのは

『懐古堂』という骨董屋だ。

薄暗い店内の正面に甲冑が飾ってある。剣一郎は土間に入った。背中を丸めた年寄がちょこなんと座っている。

大きな目玉だけが剣一郎に向いた。

剣一郎は、編笠を人指し指で少し押し上げて顔を見せた。急に、年寄の体がしゃきっとした。

「これは、青柳さま」

「卯平、久しぶりだな」

「へえ。どうも」

卯平は不安そうな顔で、

「きょうはなんの御用で？」

と、きいた。

「ちょっと教えてもらいたいことがあってな」

編笠をかぶったまま、剣一郎は刀を腰から外し、勝手に上がり框に腰を下ろした。教えてもらうまで帰らないという姿勢を見せたのだが、卯平はやはり顔をしかめた。

「なんでございましょうか。私としては商売で知り得たことを、なんでもかんでもお話しするわけにはいきませんので」

卯平は牽制した。

「いい心がけだ」

剣一郎は褒めてから、

「浅草聖天町に『喜洛庵』というそば屋がある」

「『喜洛庵』……」

「知っているな」

「へえ、何度かそばを食べたことがあるだけです」

「主人はなんという名だ？」

「万治さんです」

「あの店はいつからやっているのだ？」

「十年近くになるんじゃありませんかえ」

「万治の前身を知らないか」

「いえ。知りません」

「そうか、知らないか」

剣一郎は呟くように言ってから、

「これから万治に会いに行くが、もし万治がおまえさんのことを……」

「青柳さま。万治さんが何をしたんですかえ」

「何もしてはおらぬ、ただ」

「ただ、なんでしょう?」

「あの店によからぬ連中を引き入れているようなのでな」

「………」

「万治も同じ仲間と疑われかねぬのでな」

「どんな連中ですね」

卯平は大きな目を向けた。

「鈴鹿の伝蔵一味の残党だ」

「鈴鹿の伝蔵……」

「知っているか」

「噂には」

「万治は鈴鹿の伝蔵一味なのか」

「違います」

「違う？　万治のことは知らないのではないのか」

剣一郎は卯平の矛盾（むじゅん）をつく。

「へえ、すみません。万治さんは十年前に鈴鹿の一味から足を洗ったんです」

「鈴鹿の伝蔵一味だったのか」

「へえ、十年前までですぜ」

「なるほど、しかし、あの店を鈴鹿の伝蔵一味の残党に使わせているな。それで足を洗ったと言えるのか」

剣一郎は問い詰める。

「私にはわかりません……」

「まあ、いい。それより、あの店の離れに住んでいる男を知らないか」

「私はほんとうに万治さんと付き合いはないんです。だから、どんなひとたちが出入りしているのか、まったく知りません」

「なんでもいい、何か知っていることはないか」

「いえ、何も」

卯平は微かに目を伏せた。

「もし、あとで嘘（うそ）だとわかったら、この店を見張らせることになる。盗品を扱っているという噂があるのでな」

「そんな盗品だなんて。たまたま、盗品をつかまされてしまっただけなんです。青柳さま、ほんとうなんです」

卯平は懸命に言う。

「だったら、嘘をつかぬことだ」

「へえ」

「どうだ、何か万治に絡(から)んだ噂を聞いたことはないか」

「いえ」

「そうか。致し方ないな」

剣一郎は腰を上げた。

「そういえば」

卯平はやっと思い出したようだ。

「じつは先日、万治さんがここにやって来たんです」

「なにをしにだ？」

「霞の東介一味のことで」

「万治は霞の東介のことを気にしていたのか。で、なんと答えた？」

「じつは霞の東介親分は病に臥せっていると聞いていたので、そう教えてやりました」

「霞の東介のことは誰から聞いたのだ？」

「霞の東介の手下の大柄な奴です」

「冬吉か」

「冬吉をご存じで？」

「火盗改が霞の東介一味の者と睨んでずっと見張っている」

「そうですかえ」

「いろいろ参考になった。卯平、商売は地道にやったほうがいいぞ」

「へえ」

卯平の苦い顔を後ろに、剣一郎は土間を出た。


剣一郎は大川端の通りに出て、仙台堀、小名木川と越え、両国を経て、さらに大川沿いを行き、吾妻橋を渡った。

剣一郎は浅草聖天町に着いて、まっすぐ『喜洛庵』に行った。

裏手を見たが、坂上吹太郎の姿はない。離れの男は出かけているに違いない。

剣一郎は表にまわって、暖簾をくぐった。昼前なので込み合ってはいなかったが、それでも客は何組かいた。

剣一郎は奥の板場まで行き、亭主らしい男に声をかけた。

「主の万治か」

「へい」

「南町の青柳剣一郎である」

剣一郎は編笠をとって言う。

「あ、青柳さま」

万治はあわてて会釈をした。

「手の空いたときに話を聞きたい」

「へい。今、構いません」

万治は若い弟子にあとを任せ、

「どうぞ、こちらへ」

と、梯子段を上がった。

二階の部屋に入る。ここが昨夜、男たちが集っていた部屋だろう。

「いったい、どのようなお話でございましょうか」

万治は畏(かしこ)まってきいた。

「うむ。離れにいる男について聞きたい」

「……あの男が何か」

万治は顔を強張(こわば)らせた。

「いや、ちょっと確かめたいことがあるだけだ。名は？」

「へえ、扇蔵さんです」

「扇蔵か。商売は何か」

「さあ、そこまでは聞いておりません」

「いつから離れに？」

「半年ほど前です」

「どういう縁で？」

「客として来た扇蔵さんと話していて、離れが空いていると言ったら、ぜひ使わせて欲しいと」

万治は用心深そうにゆっくり答える。

「昨夜、ここに六人ほどのいずれも若い男らが集まっていたが、扇蔵の知り合いか」

「さあ、どういう仲かまではわかりません。ただ、部屋をお貸ししているだけですので」

万治はあくまでもとぼけるつもりのようだ。

「隠すと、そなたも仲間と思われる。よいのか」

「仲間と仰いますと？」

「ひと月余り前、四谷塩町一丁目の雪駄問屋『但馬屋』に押込みが入り、番頭、手代、下男の三人を殺し、一千両を奪った。奴らは、その押込み一味だ」

「………」

万治は目を見開いた。

「どうした？」

「いえ、扇蔵さんが押込み一味だなんて信じられません。何かの間違いでは？」

「それから、扇蔵たちは鈴鹿の伝蔵一味の生き残りだ」

万治は思わず口元を押さえた。

「それだけではない。『但馬屋』の押込み一味のうち、三人が殺されているのだ」

「………」

「万治。へたにかばうと、せっかく堅気になった意味がなくなる。いや、いまだに鈴鹿の伝蔵一味から足を洗っていないとみなされる」

　万治は俯いた。

「離れに案内してもらいたい」

「離れに？」

「そうだ。今、扇蔵はいないはずだ」

「どうしてそれを？」

「すでに奉行所の者が扇蔵を見張っている。まだ、確たる証がないので捕縛は出来ぬが、いつでも捕まえられる態勢は整っているのだ」

　火盗改ならばただちに捕縛し、拷問にかけてでも自白を迫るだろう。しかし、奉行所はそこまで出来ないし、やってはならないと考えている。

「さあ、案内してもらおう」

　剣一郎は立ち上がった。

「はい」

　仕方なさそうに、万治も腰を上げた。

　階下に下り、勝手口から庭に出て離れに向かう。

　庭先に立って、

「扇蔵さん」

と、万治は声をかけた。

返事はない。万治は濡縁に上がり、障子を開けた。

剣一郎も上がった。

部屋の中を見て、それから土間に出る。

「扇蔵は『但馬屋』で奪った一千両をどこかに隠したはず。その隠し場所を知らないか」

「知りません。ほんとうです。知っているのは、今は扇蔵だけです」

万治は否定した。

床下や離れのまわりを探したが、見つからなかった。千両箱が出てくれば、確かな証になり、扇蔵を捕らえることが出来るが、残念ながら見つからなかった。

諦めて離れから引き上げようとしたとき、草むらが盛り上がっているのに気づいた。

「これは？」

「へえ」

万治は言い淀んだ。

「どうした？　ひょっとして古井戸の跡ではないのか」

「…………」

剣一郎がそこに向かうと、万治がいきなり前に立ちはだかった。

「青柳さま。もう埋められた井戸です」

「どくのだ」

「しかし」

「そんなに見られたくないのか」

剣一郎は強引に古井戸の前に行った。万治は茫然としていた。

四

朝早く、益三と駒吉が訪ねてきて、扇蔵はいっしょに紀尾井坂までやって来ていた。

尾張家の表長屋の中間が、殺された男を見ていたらしいという話を駒吉が聞き込んできたのだ。

下手人を本気で探す気になったのだから、その中間から話を聞いてみないかという誘いだった。

今になって、そんな中間の話が出てきたことに疑問を持ったが、他に何の手掛かりもないこともあり、扇蔵は益三たちの誘いに乗ったのだ。

益三と駒吉は扇蔵を残し、ふたりで尾張藩中屋敷の塀の下から声をかけている。益三たちに何か企(たくら)みがあるかもしれないと、扇蔵は警戒した目で様子を窺った。

尾張家の表長屋の窓から顔を出した男が、首を横に振っているのがわかった。

ふたりが戻ってきた。

「やっぱり、千吉兄いを見ていました。でも、兄いはひとりだったそうです」

「ひとり？」

「へえ。ですが、千吉兄いの後ろを物乞(ものご)いの男が歩いていたとか」

益三が言う。

「物乞い？」

「へえ。その物乞いなら、千吉兄いに何が起こったのかを見ていたのではないかと言ってました」

「物乞いがお濠(ほり)の内側を歩けるのか」

「でも、中間はそんなことを言ってましたぜ。ともかく行ってみましょう」

「物乞いがどこにいるかわかっているのか」

「真行寺の裏あたりに住んでいるらしいんで」

「どうしてわかったんだ？」

「その中間がそこで見かけたそうです。ともかく行ってみましょう」

駒吉も急かした。

「わかった。行ってみよう」

腑に落ちなかったが、扇蔵は従うことにした。

真行寺は儀平が納屋で厄介になっていた寺だ。そのことを思い出しながら、紀尾井坂を下り、お濠沿いを四谷御門に向かう。

四谷御門をくぐり、やがて武家地に入って真行寺にやってきた。

「この裏です」

山門の前を過ぎ、裏にまわる。すぐ脇は武家屋敷の塀が続く。寺の裏手は雑木林だ。

「こんなところに物乞いがいるのか」

扇蔵はきいた。

「へんですぜ。確かにここだと聞いたんですがねえ」

益三が口元を歪ませた。

「益三。そんな物乞いなどいないんだろう？」

「いや、中間はいるって……」

「中間がこんなところまで用があってやって来るとは思えないがな」

扇蔵は益三を睨みつけ、

「俺を騙したな」

と、唸るように言った。

「そんな人聞きの悪いことを言わないでくれませんか」

益三はにやついた。

「どうも最初からおかしいと思っていたんだ。今さら、千吉を見ていた者が見つかるなんてな」

「それなのに、のこのこついてきたんですかえ」

駒吉が背後から迫る。

「おめえたちに殺られる俺じゃねえからだ。おめえたちの本性を暴き出そうと思ってきたんだよ」

扇蔵は吐き捨て、

「やはり、おめえたちだったのか」

と、憎々しげに言う。

「やはりってなんですね」

益三はとぼける。

「なぜだ？」

扇蔵は鬼のような形相で迫る。

「なぜ、こんな真似をしたのだ？」

「決まっているでしょう。『但馬屋』から盗んだ金ですよ。金のありかを教えてもらった今、もうおかしらに用はねえ」

益三は含み笑いをした。

「そのために三人を殺していったのか」

「おかしら。勝手に決めつけないでくださいな」

「とぼけるな。千吉と伊八は油断しているところを襲われた。おめえたちしかいねえ」

「まあ、なんと思おうと自由ですがね、おかしらはもう死んでいく身ですからね」

「こい、相手をしてやる」

扇蔵は懐に手を入れた。

「そうですかえ」

益三はせせら笑い、

「旦那、出てきてくれ」

と、大きな声を張り上げた。

木立の陰から、長身で顔の長い浪人と、小肥りで髭の濃い浪人が現われた。

「おかしら。長い間、世話になりました。あとは俺たちに任せて、どうか三人の兄いたちのところに行ってくださいな」

「ずいぶん前からこんなことを企んでいたのか」

扇蔵は不快そうに問い詰める。

「とんでもない。ずっと我慢をしていたんですよ。だって、おかしらたち四人の分け前は断然俺たちより多いんですからね。ちと面白くなかった。昨夜、金の隠し場所を教えてくれて感謝してますぜ」

益三は言ってから、

「さあ、旦那がた、頼みましたぜ」

「任せておけ。礼金は忘れるなよ」

長身の浪人が刀を抜いた。不気味な目つきだ。

扇蔵は匕首を構えた。

もうひとりの浪人も、刀を抜いて扇蔵の真横から迫る。

「ちくしょう」

扇蔵は匕首を逆手に持ち直した。

「無駄なあがきだ」

そう言うや否や上段から鋭い剣が振り下ろされた。扇蔵は横っ飛びに逃れる。

相手は落ち着いていた。まるで獲物をいたぶるように静かに迫ってきた。


吹太郎と欽三、そして春吉が浅草聖天町の『喜洛庵』にやってきたとき、ちょうどそば屋からがっしりした体格の男と細身の男、そして小柄な男の三人が出てきた。

三人は花川戸に向かった。

「尾ける」

「へい」

吹太郎は三人のあとを尾けた。

三人は行き先があるようにせっせと歩いて、雷門前から稲荷町を過ぎ、上野山下のほうに向かった。

「相生町に行った植村どのは、相手が出かけたあとで焦っているに違いない。自身番に行き先を告げておくから、植村どのに知らせてくるのだ」

吹太郎は春吉に言う。

「合点」

春吉は途中の道を左に折れ、向柳原方面に駆けていった。

吹太郎と欽三はそのまま三人のあとを尾けていく。

池之端仲町に入った。欽三は自身番まで駆けていき、京之進への言伝てを頼んで、すぐ吹太郎のところに戻ってきた。

湯島切り通しを抜けて本郷に出て、小石川を過ぎた。その間、欽三は自身番に駆け、伝言を頼んだ。

やがて、三人は四谷御門を抜け、紀尾井坂にやって来た。そして、仙介こと千吉が殺されたあたりで立ち止まり、尾張家中屋敷の表長屋にふたりが向かった。

やがて、三人が引き返してきた。吹太郎と欽三はあわてて銀杏の樹の陰に身を隠してやり過ごした。

また、三人のあとを尾ける。

お濠に出て、四谷御門を潜った。やがて、武家地に入り、寺の前を素通りする。遅れて山門を行きすぎて、はっとした。三人の姿がなかった。

気づかれたのか。吹太郎と欽三は寺の前まで引き返した。そのとき、寺の横の道が目に入った。

「ここだ」

そう言い、吹太郎と欽三は用心深く寺の裏に通じる道に入った。

すると彼方(かなた)からひとの争う声が聞こえてきた。吹太郎は声のしたほうに駆けた。すると、長身の浪人ががっしりした体格の男を木立に追い詰め、まさに剣を振り下ろそうとしていた。

「待て」

吹太郎は十手を握って叫びながら飛び出した。

「南町だ。神妙(しんみよう)にせよ」

長身の浪人が抜き身を向けた。

「くそ、八丁堀か」

いきなり、斬りつけた。

吹太郎は十手の鉤で刃を受けるや、そのまま巻き込むようにして剣を奪い、そのまま十手で相手の脾腹を打ちつけた。浪人は苦悶の表情を浮かべてうずくまる。

もうひとりの浪人が剣を構えた。

細身の男と小柄な男が逃げだそうとする前に、欽三が立ちふさがった。

扇蔵は小肥りで髭の濃い浪人と闘っている同心を見て、目を剝いた。あの坂上吹太郎だ。

五年前、この男のために鈴鹿の伝蔵と養女のお銀は死に、主だった者は捕まって死罪になったのだ。

おかしらの仇を討つ。それが扇蔵たちの悲願だった。鈴鹿の伝蔵一味を復活させた上で、坂上吹太郎の命を奪う。

その手始めが『但馬屋』の押込みだった。定町廻り同心坂上吹太郎の持ち場である四谷、麴町界隈で押込みを重ね、坂上吹太郎を窮地に追い込んだ上で殺害する。それが、当初の目論見だった。

だが、それは益三と駒吉の裏切りによって失敗しつつあるが、今、ここで髭の浪人に加勢すれば、坂上吹太郎だけでも亡き者に出来る。

そう思い、長身の浪人が落とした刀を拾った。

しかし、そのとき、別の同心が駆けつけてきた。扇蔵はあわてて刀を捨て、どさくさに紛れてその場から逃げだした。

がむしゃらに走り、扇蔵は浅草聖天町に向かった。

益三と駒吉以外の四人はこの間に『喜洛庵』の庭に押し入り、古井戸に埋めた千両箱を盗み出す手筈になっていたのではないか。

息を弾ませながら、扇蔵は『喜洛庵』に辿り着いた。

庭に入るや、植込みの中にある古井戸に駆け寄った。被せてあった草木がなくなっていた。

扇蔵は茫然と立ちすくんでいた。

背後にひとの気配がした。

「扇蔵」

万治の声だ。

扇蔵は振り向いた。

「とっつあん。益三たちにやられた。所詮、俺は上に立てるような男じゃなかったんだ」

扇蔵は悄然と言う。

「益三がどうかしたのか」

「俺を裏切っていたのは益三だったのだ」

「扇蔵、部屋に入ろう」

万治はいつになく厳しい表情で言う。

扇蔵は万治について離れの部屋に上がった。

「ついさっき、益三と駒吉に、千吉たちを殺した下手人を探すということで呼び出された。そこで殺されそうになった」

そのときの様子を語った。

「ちょうどそこに同心が現われて助かった。そのどさくさに紛れて逃げだしたんだ。益三は俺を殺すために誘き出したんだ。それだけじゃねえ、その間に、他の者が古井戸の跡から金を盗んでいった」

扇蔵は呻くように言い、

「まさか、益三に裏切られるとは思ってもみなかった。益三は他の五人をそそのかしたんだ。そんなことも見抜けなかった俺はぼんくらもいいとこだ」

「扇蔵、よくきけ」

万治が口調を変えた。

「なんだ？」

扇蔵は思わず身構えた。

「金をとったのは四人じゃねえ」

「えっ。じゃあ、誰なんだ？」

「南町の青柳さまだ」

「どうして……」

「湯島聖堂裏で儀平が殺されたことを駒吉が知らせに来たな。そのとき、あとを尾けられたそうだ」

「そうだったのか。ばかな野郎だ。自分たちで殺したくせに、急いで知らせにくるなんて。伊八のときも飛んできやがった……」

ふと、扇蔵は何か違和感を覚えた。

伊八のときも儀平のときも、駒吉は血相（けっそう）を変えて飛んできた。息も荒かった。

すぐに知らせたいという思いがあふれているように見えた。

　ひょっとして、本当に駒吉はそのときまで下手人のことを知らなかったのか。殺しは益三ひとりの仕業だったのだろうか。

「扇蔵、どうした？」

「えっ？」

「何か考え込んでいるようだったが」

「なんでもねえ」

「いいか、扇蔵。青柳さまは『但馬屋』にお前らが押し込んだと知っているんだ。もうじたばたしても無駄だ。観念するんだ」

「……とっつあん」

　扇蔵はおもむろに口を開いた。

「俺は鈴鹿のおかしらに拾われて一味に加わったんだ。おかしらに出会わなければ、俺はどこかで野垂(のたじ)れ死にしていた」

「うむ、そうかもしれねえ」

「それに、お銀さんも俺にとっちゃ大事なひとだったんだ」

「惚(ほ)れていたのか」

「そうだな。お銀さんにはまったく振り向いてもらえなかったけど」

「お銀に惚れていた男は多い。だが、お銀は男嫌いというより、ひととしての感情を持ち合わせちゃいなかった。お銀は幼いころから母親と旅をしながら旅籠で旅人の金を盗むという暮らしをしてきた。いつもひとを警戒しながら生きてきたせいか、心を許すこともない。いくら惚れたってだめだったろう」

「あんな美しい顔をしているのに、心は鬼だった。鬼女だ。それでも、俺はお銀さんが……。俺は本気で手下としてお銀さんに尽くすつもりでいた。鈴鹿の伝蔵一味はいつかお銀さんの代になるはずだったんだ。それを……」

扇蔵は息を継いで、

「隠れ家に踏み込んできたのは坂上吹太郎という同心だった。そのために、おかしらはお銀さんを手にかけ、自分も死んだんだ。俺は仇を討つと誓ったんだ。だが、それももう叶わねえ」

と、拳を握りしめた。

「あの時、隠れ家を坂上吹太郎に密告した奴がいるんだ」

万治が言う。

「俺は霞の東介だと思っていた。でも、とっつあんは一味の誰かが裏切ったと思っているんだな」

「そうだ。亡くなる半年ほど前、ここにやってきたとき、腹に一物のある奴がいると呟いていた、おそらく、おかしらがいなくなれば、自分が一味のあとを継ぎ、お銀まで自分のものに出来ると踏んだんじゃねえかと思った」

「でも、俺たち下っ端以外、みんな捕まっちまった。他に誰もいねえ」

「うむ、そこがわからねえが、今度の件にしても結局仲間割れじゃねえか。五年前にも益三みたいな男がいたとしてもおかしくねえ。まあ、今となっては何を言っても詮ないことだが」

万治はため息交じりに言う。

「まさか」

扇蔵ははっとした。

でも、いったい何のために。

「扇蔵、五年前のことはもういい」

万治は冷たく言う。

「これからのことだ」

「とっつあん。もう終わったよ。この五年間、一味を再興して、坂上吹太郎に復讐することだけを考えてきた。たぶん、益三たちも捕まったはずだ。俺の夢も潰えた」

「うむ」

万治は痛ましげに言い、

「自訴するんだ」

「自訴したって俺の罪は変わらねえ。獄門になるならどこかでひっそりと死んでいったほうが……」

「そうじゃねえ。自分の犯した罪をすべて認めて死んでいくほうがいい。そうすりゃ、同じ地獄へ行っても少しはましかもしれねえ」

「冗談はよしてくれ」

「冗談ではない。自訴し、清々しい気持ちで死んでいくんだ」

「とっつあん。気持ちはありがたいが、悪党は悪党らしく最期を迎えたい。鈴鹿の伝蔵も獄門首になることをいやがって焼身を図ったんだ」

扇蔵は立ち上がり、

「とっつあん。世話になった。達者でな」

と言い、庭に出た。

だが、扇蔵は足を止めた。

目の前に、青痣与力が立っていた。

「扇蔵、自訴するか。奉行所まで送っていこう」

その威圧感に押しつぶされるように、扇蔵は思わず頷いていた。

五

扇蔵は本材木町三丁目と四丁目の境にある大番屋に、益三や駒吉らは南茅場町の大番屋に入れられた。

剣一郎が大番屋に入って行くと、吹太郎が扇蔵を取り調べていた。

「青柳さま」

吹太郎は会釈をして剣一郎を迎えた。

「どうだ?」

「はい、素直に喋っています。川田与五郎さまの件も青柳さまのお考えのとおりでした。『若松』の厠で顔を合わせ、扇蔵が門を出ると、川田さまがあとを尾けてきたので、お濠端の暗がりに誘い込んで襲い、お濠に投げ込んだそうです」

「『但馬屋』の押込みも白状しました。下男に裏口を開けさせ、番頭と手代を殺したのも、やはり主人夫婦や奉公人に恐怖を植えつけ、言うことを聞かせるためだったとのこと。次の狙いは『美濃屋』でした。ところが、千吉が殺されたために、押込みは断念せざるを得なかったということです」

「推量したとおりだったわけか」

剣一郎は確かめる。

「はい。ただ……」

吹太郎は言い淀んだ。

「なんだ？」

「扇蔵の真の狙いは、私だったそうです」

「どういうことか」

「五年前の鈴鹿の伝蔵の仇討ちだ、と」

「仇討ちとな」

「はい。そのことについて、それ以上は言おうとしません」

「わかった。代わろう」

剣一郎は莚の上に座っている扇蔵の前に立った。

「扇蔵、坂上吹太郎を仇として狙っていたというのはほんとうか」

「……へい。ほんとうです。隠れ家を急襲したお方ですからね。そのためにおかしらは養女のお銀さんを殺し、自ら命を断ちました。捕まって生き恥を晒したくなかったからです」

扇蔵は素直に答えた。

「隠れ家の密告があったのだ。坂上吹太郎はそれによって動いた。恨むべきはそちらではないか」

「でも、この旦那のせいでおかしらが命を断ったのは間違いありません」

「言いがかりに思えるが」

「そうかもしれませんが、隠れ家から逃げ果せた四人にとって、この旦那は仇になったんです。仇をとるために、四人は結束し、新しい仲間を集めたんです」

「なるほど。それで、坂上吹太郎の受け持ちにある四谷の『但馬屋』と麴町の『美濃屋』だったのか」

「そのとおりです。あと、もうひとつ押込みをしてから、この旦那を深川亀戸村の羅漢寺近くの隠れ家があったあたりに誘き出して殺そうという手筈になってました」

「坂上吹太郎の受け持ちが四谷、麴町あたりだとどうやって調べたのだ？」

「八丁堀の屋敷や奉行所から出かけていくのを尾けまわしました」

「なるほど、用意周到だったというわけか」

「はい」

「それにしても、凄まじい執念だが、それほど鈴鹿の伝蔵を慕っていたのか」

「はい。……でも、ほんとうは養女のお銀さんの恨みを晴らしたかったのかもしれません」

「お銀に惚れていたのか」

「はい。こっちが惚れてもどうにもならない女でしたが、生涯お銀さんの手下として働こうと思ってました。そのお銀さんを奪われたことが許せなかった」

「お銀はたしか鈴鹿の伝蔵が殺し、伝蔵も油をかぶって火を放ったと聞いたが？」

「おかしらはお銀さんをひと目に晒すことを避けたかったんでしょう。お銀さんの首が獄門台に載ることなど許せなかったんです。だから、お銀さんを殺し、火を放ったのです」

扇蔵は悔しそうに息を吐き、

「それも、益三のためにすべてだめになっちまった」

「千吉たちを殺したのは益三か」

剣一郎はきいた。

「そうとしか考えられねえ。最後は浪人まで雇ってあっしを殺そうとしましたから。坂上の旦那が駆けつけてくれなければ、あっしは殺られていたはずです」

剣一郎は吹太郎の顔に目をやった。

吹太郎が頷いたのを見て、剣一郎は扇蔵に顔を戻し、

「なぜ、益三はそんな真似をしたのだ？」

と、きいた。

「あっしら四人が益三たちを重んじなかったという不満なんでしょうが、詰まるところ、分け前の不満だったようです。奴らは金をすぐに欲しかったのに、あっしが拒んだんです。すぐ使うと足がつく、ほとぼりが冷めるまであっしが金を預かっておくと。その不満が一番だと思います」

「そのために四人を殺そうとしたと言うのか」

「そうすれば分け前も増えますからね。もしかしたら、背後に霞の東介一味の者

がいるのかもしれませんが、三人を殺したのは益三たちとしか考えられません」

「金を奪う狙いがあるのなら、次の『美濃屋』の押込みのあとのほうがよかったはずだ。押込みの前にどうして殺したのだ？」

「確かに、そこはあっしも腑に落ちませんが、そうまでしてもそのときに殺らねばならなかった事情があったのかもしれません」

扇蔵は眉根を寄せ、

「でも、もう済んだことです。みんな捕まった。もう、誰を恨んでも仕方ありません。あの世で、おかしらやお銀さんに仇を討てなかったお詫びをします」

すっかり諦観（ていかん）したような扇蔵だったが、ふいに真顔になって、

「あっしは獄門になる覚悟は出来ています。浮世（うきよ）にもう未練はありません。ただ、五年前、誰が密告したのかが知りたい。それだけが心残りです。青柳さま」

扇蔵は必死の形相になって、

「そいつを調べていただけませんか。もし、あっしが獄門になるまでにわかったらぜひ教えていただきたいのです」

その真剣な眼差しに応えようと、

「五年前のことをどこまで調べられるかわからぬが、やってみよう」

と、剣一郎は約束をした。

「ありがてえ。このとおりです」

扇蔵は縛られたまま深々と体を折った。

あとを吹太郎に任せ、剣一郎は南茅場町の大番屋に移動した。


大番屋の戸を開くと、ちょうど取り調べが終わったのか、小柄な駒吉が仮牢に戻されるところだった。

上がり框に腰を下ろしていた京之進が立ち上がって、剣一郎を迎えた。

「益三に確かめたいことがある」

剣一郎は声をかける。

「わかりました。益三をもう一度ここに」

京之進は小者に声をかけた。

「益三は素直に喋っているか」

剣一郎はきいた。

「ええ。押込みは扇蔵の命令で動いていただけだと言い張っておりますが、扇蔵を襲ったことは認めました」

「他の三人の殺しについては？」

「否定しています」

「そのことで、わしからも確かめたい」

「はっ」

益三が莚の上に座った。太々しい顔で剣一郎を見た。

「千吉、伊八、儀平の三人が殺された件で訊ねたいことがある」

剣一郎は切り出す。

「三人を殺したのはそなたか」

「違います。そんなことするはずありません」

「しかし、そなたは扇蔵を誘き出して殺そうとしたではないか」

「…………」

「そのことは間違いないのだな」

「へい」

「なぜ、扇蔵を殺そうとしたのだ？」

「兄貴分の三人がいなくなり、これでおかしらもいなくなれば、金を俺たちで山分け出来ると思ったのです」

「なぜ、そんなことを思ったのだ？」

「三人がいなくなって、もうこの一味は終わりだと。扇蔵ひとりについていく気はしなかったんです。早く金が欲しいのと、あっしたちには分け前が少ないようなこともあって、いっそのことおかしらを始末してしまおう。そうすれば、三人を殺った下手人の仕業にすることが出来ると思って」

「ほんとうに三人を殺していないのか」

「殺していません。それに千吉兄いが殺されたのは『美濃屋』に押し込む前日ですぜ。そんなときに、殺すはずないじゃありませんか。それより……」

益三は真顔になって、

「千吉兄いは油断しているところを殺されたってことですが、千吉兄いはあっしが紀尾井坂に現われたらかえって不審を持ちますぜ。油断している隙を突くことなんて無理だ。伊八兄いだってそうだ。あっしらを信用しちゃいなかったんですからね」

「ほんとうに三人を殺っていないのだな」

「殺ってません」

益三はまっすぐ目を向けて答える。

「そなたは誰が殺ったと思ったのだ？」

「さっぱりわかりません。しいて言えば、おかしらの言う通り霞の東介一味かと」

益三は自信なさげに言う。

「そうか。わかった」

剣一郎は、三人の男を殺したのは益三ではないと確信した。


剣一郎は扇蔵のいる大番屋に戻った。

「扇蔵、今、益三を問い質してきた。三人を殺したのは益三ではない」

「えっ、では誰が……」

扇蔵は言葉を失ったが、やがて顔を上げた。

「やっぱり、川田与五郎の身内でしょうか。あっしらが殺してお濠に落としたことを知っていた者がいるのでは……」

「まさか」

剣一郎も考え込んだ。

剣一郎も最初は川田与五郎の身内を疑った。だが、誰もが与五郎は事故死だと信じていた。だから、それはないと考えたかった。

だが、扇蔵の言うように、与五郎の事故死を信じない者がいたとしたら……。

調べに落ち度があったのか、と剣一郎は愕然とした。

第四章　密告者

一

翌日、剣一郎は四谷にある川田与五郎の屋敷を訪ね、客間で、与五郎の妻女と伜(せがれ)の与一と向かい合った。

「きょうはお話ししたいことがあって参りました」

剣一郎は切り出してから、

「石井さまにも聞いていただきたく、声をかけております」

ここに来る前に石井常次郎の屋敷に寄り、ここに来るように伝えてあった。

「青柳さま、夫のことですね」

妻女が不安そうにきいた。

「はい」

「…………」

妻女は息を呑んだ。

やがて、玄関まで迎えに出た与一と共に、石井常次郎が部屋に入って来た。

「石井さま」

妻女が頭を下げる。

「青柳どのが大事な話があると言うのでな」

そう言い、空けてあった床の間の前に常次郎は腰を下ろした。

「では、申し上げます。川田どのを殺した男が捕まりました」

「青柳さま、今なんと」

妻女が口をはさんだ。

「父は殺されたのですか」

与一が顔を上気させた。

常次郎は呆気にとられている。やはりこの三人は、川田与五郎の死に不審を持っていなかったようだ。

「青柳どの。どういうことでござるか」

常次郎の表情が険しくなった。

「五年前、南町の同心坂上吹太郎が鈴鹿の伝蔵一味の隠れ家を急襲したとき、当時火盗改方与力だった川田どのが助勢してくださいました。そのおかげで一味の頭目は自害し、大方の手下を捕縛いたしました」

「そのことはわしもよく知っておる」

常次郎が口をはさんだ。

「そのとき、下っ端の手下四人に逃げられましたが、一味は壊滅しました」

剣一郎は三人の顔を見回してから、

「石井さまは、川田どのが他人の空似だと呟いたのをお聞きになったそうですね」

と、きいた。

「うむ、与五郎はなんでもないと言っていた」

「じつは川田どのは五年前に逃げられた下っ端の男と出会ったのです。それが、石井さまとごいっしょだった『若松』でのことでした」

「…………」

常次郎は何か言おうとしたが、口をすぐ閉ざした。

「五年前に逃げた下っ端の四人も『若松』にいたのです。厠で顔を合わせたそうです。それで、川田どのは『若松』を出たあと、男のことが気になって、石井さまには酔い醒ましに少し遠回りして帰ると言い、ひとりで四人のあとを尾けたのです。ところが、相手も川田どののことを思い出した。それで、四人掛かりで川田どのに襲いかかった……」

　剣一郎はあとの言葉は濁した。

「五年前の口封じで殺したということか？」

　常次郎は憤然と言う。

「その四人はそれから間もなく、四谷塩町一丁目の雪駄問屋『但馬屋』に押し込みました。四人は鈴鹿の伝蔵一味を蘇らせたのです」

「なんと」

　常次郎は呻くように、

「与五郎はなぜ、わしに一言でも話してくれなかったのか」

「確信がなかったのでしょう。だから、はっきりするまでは何も言えなかったのではないでしょうか」

　剣一郎は与五郎の気持ちを代弁した。

「父が殺されていたなんて」

　与一が声を震わせた。

「青柳どの。今のことに間違いないのか」

常次郎が確かめるようにきいた。

「四人のうちのひとり、一味のかしらである扇蔵という男が自白をしました。この扇蔵は、石井さまのお屋敷を訪れたことがあると申しておりました」

「もしや、あの男か」

「三十過ぎのがっしりした体格の男です」

「そうだ、その男だ。自ら与五郎の命を奪っておきながら、よくも……。与五郎が亡くなったときの様子をききたいと言っていたが、あの男は何のためにわしのところに……。何か魂胆があってのことか」

常次郎は怒気を浮かべて言う。

「じつは川田どのを殺めた四人のうちの三人が、順番に何者かに殺されました」

「殺された？」

「ふたり目が殺されたあと、扇蔵は川田どののお身内による復讐ではないかと思ったそうです。それで、『若松』の女将を問いただし、川田どのといっしょにいた石井さまの名をきき出して、石井さまに会いに行ったということです」

「わしが復讐していると思ったのか」

「そうです。でも、違うと感じたそうです。ですが、新たに三人目が殺された今、やはり、川田どのの恨(うら)みを晴らすために何者かが犯行を重ねていると思っています。石井さま以外に……」

「そのような者はおらぬ。おればわしも気がつく。第一、誰も与五郎が殺されたと思ってはいなかった」

「火盗改の与力だった他のご朋輩(ほうばい)も？」

剣一郎は確かめる。

「青柳さま。父と親しい方々からもそのような話は聞いたことはありません」

与一が口をはさんだ。

「父が殺されたのだと聞かされ、私は戸惑っております。もし、そんな疑問を抱いた方がいらっしゃったら、通夜(つや)や葬儀のときにもそのような話が出たはずです」

「私どもの親戚の者も、あのような死に方をするとは信じられないという話はありましたが、殺されたと疑う者はいませんでした」

妻女が新たな悲しみを堪(こら)えるように言う。

「そうだ。まだ与五郎が殺されたなど信じられぬ」

常次郎は首を横に振った。

「いずれにしろ、川田どのを殺めた下手人(げしゅにん)は明らかになっております。このことを世間に公表するか、あるいはこのままで済ませるか……」

「このままで済ませられますか」

妻女が訴えるようにきいた。

「そうお望みなら、公(おおやけ)にしないようにいたします」

剣一郎は言った。

「体面(たいめん)を繕(つくろ)うつもりはございませんが、やっと落ち着いてきたところです。今さら、夫の死を蒸し返されたくはありません。どうか、今までどおり」

剣一郎は与一に顔を向けた。

「私も母と同じでございます」

「ふたりがそう言うなら、そのとおりにしてもらいたい。これが下手人がわからないままなら許せぬが」

「わかりました。そういたします」

川田与五郎の件がなくとも、扇蔵の裁きには影響ない。

いずれにしろ、三人を殺した理由は川田与五郎の件と無関係だ。そのことを確信して、剣一郎は仏壇に線香を上げてから屋敷を辞去した。

剣一郎は紀尾井坂にやって来た。千吉が死んでいたという銀杏の樹のそばで、太助が待っていた。

「青柳さま」

太助が近づいてきた。

「益三と駒吉が聞き込んでいたという中間から話を聞きました。ふたりは千吉のことを訊ねたわけではなく、この界隈に売笑する女は現われないかときいたそうです」

「扇蔵を真行寺裏に誘き出すための小細工だから、なんでもよかったのだろう」

「それで改めて千吉のことをきいたのですが、千吉らしい男には気づかなかったようです。ただ、ちょっと気になったのが」

太助は息継ぎをして、

「ちょうどそのころ、女の髪結いが小走りに坂を上っていくのを見たと言ってました。手拭いを姉さん被りにしていたそうです。このあたりでは珍しいので、ひょっとしたら、売笑婦かと思ったそうですが、それにしては地味な着物だったので、本物の髪結いかもしれないと」

「髪結いの女か」

剣一郎は呟いた。

「ええ、その髪結いの女は急いでいる様子だったと言います。その女、何か見たんじゃないでしょうか」

「うむ」

剣一郎は頷いたが、はっとして、

「まさか」

と、思わず叫んだ。

「なんですか」

太助は驚いてきいた。

「女かもしれぬ」

「なにがですか」

「殺されていたのは大柄で屈強な男だったから、最初から下手人は男と決めつけて探索をしていた。だから、怪しい者が見つからなかったのかもしれない。下手人が女だとしたら……」

「しかし、女の力で千吉を殺れるでしょうか」

「女だから油断していたのかもしれない。この先にある辻番所で確かめてみよう」

剣一郎は坂を上った。

尾張家中屋敷の角に辻番所があった。

剣一郎と太助は小肥りの番人の前に立った。

「だいぶ前になりますが、紀尾井坂の途中で、男が殺されました」

剣一郎が切り出す。

「ええ、よく覚えています。南町の方が聞き込みに来られましたから」

番人が答え、

「そのときもお話ししましたが、怪しい男には気づきませんでした」

「手拭いを姉さん被りにした、地味な着物の髪結いふうの女を覚えていませんか」

「髪結い……」

番人は小首を傾げ、

「そういえば、そんな女を見かけました。そうそう、確かに頭に手拭いをかぶっていました」

「その女を見かけたのは、死体が見つかる前ですか」

「ええ。だいぶ経ってから坂の途中が騒がしくなりました」

「女の顔は見なかったのですか」

「ええ」

「じゃあ、年齢もわかりませんね」

「そうですね」

「わかりました」

礼を言い、剣一郎と太助は坂を下った。

下りきったところに、お濠を背にして、辻番所があった。

そこの番人に同じことをきいた。

「ええ。そのことは覚えていますが、特に気になるような男は目に入りませんでした」

「女はいかがですか」

「それなら見ました。髪結いのような女が紀尾井坂を上っていきました」

「誰かといっしょでしたか」

「すぐ前を歩いていた男はいましたが、話している様子もなかったので、知り合いではなかったようです」

「その男はどんな感じでしたか」

「商人ふうでしたが、女のほうしか目がいかなくて……。というのも、髪結いの格好をした売笑婦かと見ていたんです」

「どうして、そう思ったのですか」

「ときおり、長屋の侍(さむらい)を相手にする商売女が出没するので」

番人はにやついて言った。

剣一郎は礼を言って、辻番所を離れた。

「青柳さま。髪結いの女は男の連れでいっしょに紀尾井坂を上ったのかもしれません。そして、坂の上の辻番所の前を通ったのは女だけ……」

太助が興奮して言う。

「そうだ。その女が怪しい」

そう思ったが、その女が何者か、まったく想像もつかなかった。

「太助。浅草御門に近い神田川に浮かんでいた伊八も女連れだったのかもしれない。聞き込んでくれ」

「わかりました」

剣一郎は途中で太助と分かれ、大番屋に扇蔵に会いにいった。

大番屋に入る。扇蔵の取調べが続けられていた。取調べは順調に進んでいるようだった。剣一郎は吹太郎に頼み、切りのいいところで代わってもらった。

「扇蔵。川田与五郎の妻女や石井常次郎さまに会ってきた。千吉たちを殺したのはやはり川田与五郎どののお身内ではない」

剣一郎は言い切った。

「そうですか。では、いったい誰が……」

「それだが、紀尾井坂の下の辻番所の番人が、髪結いらしい女を見ていた」

「…………」

「千吉を殺ったのは女かもしれない」

「女ですって」

扇蔵が怪訝(けげん)そうな顔をした。

「青柳さま。下手人は女だと言うのですか」

吹太郎が横合いからきいた。

「そうだ。盲点だった。屈強な男を殺めたので男だと思い込んで探索していたから、怪しい人物が浮かんでこなかった」

「青柳さま。お言葉を返すようですが、女が下手人ということはあり得ません」

扇蔵が異を唱えた。

「なぜだ?」

「殺された三人の周りに、そのような女はおりません。女が絡んでいるとしたら、下手人の手助けをしているってことじゃありませんか」

「いや、紀尾井坂の聞き込みでは女ひとりだ。扇蔵、よく考えろ」

剣一郎は扇蔵の顔を見つめ、

「確かに、女はお前たち四人と敵対している男の情婦だったのかもしれない。それでも、殺しは女ひとりだ。よく思い出すのだ。肝心な女がいるはずだ」

「………」

「たとえば、鈴鹿の伝蔵に女はいなかったのか」

「いましたが、おかしらの女があっしらを殺す理由はありません」

そう言ったあとで、あっと扇蔵が声を上げた。

「なんだ?」

「密告したのがあっしたち四人だと思っていたら……」

　扇蔵は顔色を変え、

「隠れ家の急襲で、あっしたち四人だけが助かった。それであっしたちに疑いを向けたんじゃ……」

「伝蔵の女はなんという名だ？」

「お紺さんです。五年前まで、北森下町の一軒家に住んでました」

「よし、念のために当たってみよう」

　剣一郎は扇蔵から離れた。

「青柳さま、千吉ら殺しの件をすっかりお任せしてしまい、申し訳ございません」

　吹太郎が申し訳なさそうに言った。

「構わぬ。これはあくまでも脇のことだ。扇蔵の犯した事件こそ本筋だ」

　そう言い、剣一郎は大番屋を出た。

二

翌朝、剣一郎は太助とともに深川の北森下町にやって来た。

自身番に寄ると、詰めていた家主が畏まって、

「青柳さま」

と、会釈をした。

「すまぬ。ひとを探している。五年前まで、この町に住んでいたお紺という女だ」

「お紺さんですか」

店番はすぐに応じた。

「知っているのか」

「はい」

「今、どこに?」

「本所一ツ目で呑み屋をやっています。竪川にかかる一ノ橋のそばです」

「助かった」

礼を言って、剣一郎は自身番を出た。

「ずいぶん、あっさりわかりましたね」

太助が顔をしかめて言う。あっさりわかるのは、お紺に何も隠しごとがないからだろうと、太助は言った。

「たしかに、順調にいったときはあまり収穫がないな」

剣一郎は苦笑して言う。

弥勒寺橋(みろくじばし)を渡り、弥勒寺の前を素通りし、竪川に出た。二ノ橋(にのはし)を渡ってすぐ左に折れる。しばらく行くと、一ノ橋が見えてきた。

その向かいに呑み屋の看板が見えてきた。

まだ店は閉まっていた。太助が戸に手にかける。

「開いています」

太助は戸を開けた。

薄暗い店内には誰もいなかった。右手に小上がり、左手に床几(しょうぎ)が並んでいた。

「ごめんよ」

太助が声をかける。

奥の板場のほうから女が出てきた。

「どちらさまですか？」

三十ぐらいの瘦せた女だ。

「お紺さんですかえ」

太助がきいた。

「ええ」

お紺は剣一郎のほうを見て不安そうな顔をした。

「南町の青柳さまだ」

太助が言うと、お紺は会釈をした。剣一郎が、

「お紺、心配しなくていい。鈴鹿の伝蔵のことで確かめたい」

と話すと、

「ずいぶん昔の話を」

そう言い、

「どうぞ、おかけください」

と、お紺は床几に腰を下ろすように勧めた。

「いや、このままでいい」

剣一郎は言い、

「さっそくだが、そなたと伝蔵の関係は？」

「料理屋の女中をやっているときに気に入られ、北森下町に一軒家を借りてもらい、世話を受けるようになったんです」

お紺は素直に喋った。

「伝蔵といっしょに暮らしていたのか」

「いえ、ときたまやって来るだけでした」

「何年一緒だったのだ？」

「四年ぐらいでしょうか」

「伝蔵の正体は知っていたのか」

「得体の知れないお方だと思っていましたが、まさか盗賊のかしらとは想像もしていませんでした」

「どうしてわかったんだ？」

「男が訪ねてきて、旦那のことをおかしらって呼んだんです。それから薄々……」

「伝蔵には養女がいたが、知っていたか」

「会ったことはありませんが、そんな話をしていました」

「伝蔵は深川亀戸村の羅漢寺近くに住んでいた。そのことを知っていたか」

「いえ。どこに住んでいたかは一言も……」

「ここに店を出したのは？」

「五年前です」

「伝蔵が死んでからか」

「いえ。死ぬ前に別れ話を持ち出され、手切れ金代わりにこの店を居抜きで買ってもらったんです」

「別れ話？」

「はい、突然、言われました」

お紺はため息交じりに言う。

「何かあったのか」

「わかりませんけど、たぶん他に女が出来たんだと思います」

「そんな様子があったのか」

「別れ話を持ち出されたとき、なぜってきいたら、俺のような者はいつどうなるかわからねえ。おめえは俺から離れて好きなように生きろって。私は納得いかないので、女が出来たのねってきいたら、そうじゃねえって……。でも、そのあとで、似たようなものかと」

「似たようなものとはなんだ？」

「私にはわかりません」

剣一郎はさらに尋ねた。

「伝蔵の隠れ家を密告した者がいる。誰か心当たりはないか」

「いえ。だって、手下のこともよく知らないのですから」

「ここに店を出したあと、伝蔵と関わりのある者がやってきたことは？」

「ありません」

「そうか。わかった。邪魔したな」

「あっ、青柳さま」

お紺が呼び止めた。

「旦那はときおり胸を押さえて苦しんでいたんです。体が弱くなっていたから、昔の女の世話を受けようとしたのかもしれません」

「昔の女か」

剣一郎は呟いた。

いずれにしろ、お紺は三人の殺しに関係ないと、剣一郎は思った。

剣一郎と太助は深川から本所を経(へ)て、吾妻橋を渡り、浅草聖天町にやってきた。

まだ昼前で、『喜洛庵』に暖簾はかかっていなかった。

戸を開けて土間に入る。板場から万治が出てきた。

「青柳さま」

「今、いいか」

「へえ」

万治は若い板前に指図(さしず)してから、

「こちらから」

と、勝手口を通って庭に出た。

扇蔵の住んでいた離れの部屋で向かい合う。

「伝蔵の妾(めかけ)のお紺という女を知っているか」

「まったく知りません。たぶん、あっしが一味を抜けたあとに出会ったのかと思います」

万治は話した。

「お紺が伝蔵から別れ話を切り出されたのは五年前らしい。隠れ家を急襲される少し前だ。別れる理由は昔の女のことじゃないかと思えたそうだ。昔の女に心当たりはないか」

「昔の女ですかえ。はて、誰でしょうか」

剣一郎はきいた。

「お紺の前に伝蔵には情婦はいたのか」

「おりました。でも、十年前に死んでます。流行り病で。それからは、あまり、女の話は聞きませんでした。その女とて、お銀という女の子の面倒をみさせるために見つけた女で、情婦と言えるかわかりません」

「お銀はどういうわけで扇蔵が面倒を見ることになったのだ？」

剣一郎は口にする。

「お銀は枕探しのお連という女の娘でした。三島宿の旅籠で、お連とお銀の母娘はおかしらの部屋に忍び込んだとか。あっさりおかしらに捕まって。でも、おかしらは見逃してやったみたいです。その後、お連が小田原宿で捕まりました。それを知ったおかしらは、お銀のことが心配になって小田原まで行ったんです。そこで、物乞いをしているお銀を見つけた。お銀は当時まだ七つぐらいだったはずです」

「そうか」

「ですからお銀の世話をする女を必要としていた。でも、その女はさっき言ったとおり、お銀が十五、六のとき、病死しました。あっしが足を洗う一年ほど前だったと思います」

「それ以外に、昔の女に心当たりはいないか」

「へえ」

「お連はどうなった？　小田原で捕まったあと、どうなったのだ？」

「死んだという話もあれば、解き放ちになったという噂もありました」

「お連が生きていて、伝蔵の前に現われたとは考えられぬか」

「そうですね」

「昔の女とはお連のことではないか」

「さあ」

万治は首を横に振った。

「お紺の話だと、伝蔵はときおり胸を押さえて苦しんでいたそうだ。体が弱った伝蔵の世話をしてくれる女が見つかったのではないかと言っていたが」

「それじゃ、お連ではないです。お連はそんなことをするような女ではありませんから」

「お連はどんな女だ？」

「美人でしたが、とにかく気の強い女でした。剣の腕も立ちましたから。小太刀(こだち)の名手だったそうです」

「小太刀か」

「お連の父親が、自分の身は自分で守れと小太刀を教えたそうです。女に生まれたのが間違いのような女ですから、ひとの世話をするのに向いているとは思えません」

「そうか。ところで、伝蔵は体が弱っていたというのはほんとうか」

「確かに、あっしのところに来たときも顔色は悪かったです。でも、苦悩が多いのだろうと思って」

「苦悩があったのか」

「へえ、手下の中に、おかしらに取って代わろうと企(たくら)んでいる奴がいるようなことを言ってました」

「ところで捕り方に隠れ家を襲われたとき、逃げ果(おお)せたのはほんとうに扇蔵に千吉と伊八、儀平の四人だけか」

「そうです」

「それ以外に、助かった者はいないのだな」

「おりません」

「では、密告したのは、四人の中の誰かということは十分に考えられるな」

「そうとしか考えられないのですが、でも扇蔵は違います。他の三人にしても、そんなことをしてどんな利があったのか……」

「何かの不始末をしでかし、伝蔵から激しい叱責を受けたということは考えられぬか」

「恨みを持つほどの叱責を受けるというのは……」

万治は眉根を寄せ、

「考えられるとしたら、お銀にちょっかいをかけたとか……。それなら伝蔵は激しく叱責したか、へたをしたら半殺しの目に遭わせたかもしれませんね。いや、おかしらではなく、お銀にひどい目に遭わされたのかもしれません」

「お銀への恨みか」

「お銀は母親譲りのとんでもなく冷酷な女です。それまでにも自分に手を出した男を何人か半殺しの目に遭わせました」

「なるほど」

剣一郎は頷いた。


夕方になって、剣一郎は奉行所に戻り、宇野清左衛門のところに行った。

「宇野さま」

声をかけると、文机に向かっていた清左衛門は筆を置いて、振り返った。

「青柳どのか」

「お手を止めさせて申し訳ありません」

「なんの。構わん、何か」

「例の紀尾井坂にはじまった三人殺しの件で、伝蔵の養女になったお銀の母親についで知りたいことがございます」

その内容を話し、

「母親のお連は二十年ほど前、小田原で捕まったそうです。小田原の町奉行所にお連を捕まえたのは事実か。そうだとしたら、その後、どうなったかを問い合わせをしていただきたいのですが」

「お連についての問い合わせだな。至急文（ふみ）を認（したた）めよう」

「ありがとうございます」

剣一郎は礼を言って清左衛門の前から下がった。


その夜、剣一郎の屋敷に京之進と吹太郎がやってきた。

「扇蔵は素直に自白し、きょう小伝馬町（こでんまちょう）の牢屋敷に送り届けました」

吹太郎が報告した。

「益三たちもすべて白状しました。六人の供述（きょうじゅつ）に矛盾（むじゅん）はなく、同じように牢屋敷に送りました」

京之進も口にした。

「ご苦労だった」

剣一郎はねぎらって、

「千吉殺しには女が絡んでいると思われる。紀尾井坂には手拭いをかぶった髪結いふうの女が現われている。伊八殺しでも柳原の土手に女が現われていないか、太助に調べてもらっているが、ひとりでは荷が重い。京之進も明日から調べに加わってくれ」

「はっ、畏まりました」

京之進から吹太郎に顔を向け、

「真行寺の納屋に住んでいた儀平に誘い出す手紙を届けたのも、同じ女ではないかと思える。境内で不審な女を見た者がいないか、調べるのだ」

と、命じた。

「青柳さま。その女はお銀の母親なのでしょうか」

吹太郎がきく。

「わからぬが、母親のお連だとしたら、殺した理由も説明がつく。密告者が逃げ延びた四人の中にいると考え、お銀と鈴鹿の伝蔵の復讐をしたのではないか」

さらに、剣一郎は続けた。

「お連は小太刀の心得があったそうだ」

「なるほど、お連なら三人の男を斃すのはそう難しくないようですね」

「そうだ」

「わかりました。さっそく、女の影を調べてみます」

「うむ、頼んだ」

「では」

と、京之進と吹太郎が立ち上がったが、ふと吹太郎が思い出したように、

「青柳さま。昨日、多恵さまからお鈴に晴着をいただきました。お静からも、よく御礼を申し上げるよう言われましたので」

「うむ、るいが昔着ていたものだ」

剣一郎は父親の顔になっている吹太郎に言う。

「るいさまのように美しく育ってくれることを願っております」

「お静どのの子だ。美しい娘になるに決まっておろう。今だって愛くるしい」

剣一郎は笑みを湛(たた)えて言う。

「恐れ入ります」

吹太郎は頭を下げた。

ふたりが引き上げたあと、多恵がやって来た。

「吹太郎が礼を申していた」

剣一郎が言うと、多恵は眉根を寄せた。

「どうした?」

「昨日、お静どのにお会いしたのですが、なんだかお疲れのご様子」

「なに、疲れている?」

「子育てに苦労されているのかもしれません。お静どのはなんでもすべて自分でやろうと頑張りすぎているようなので」

「吹太郎も忙しすぎて、ゆっくりお静どのに向き合ってやれなかったのであろう。だが、もうすぐ一段落（いちだんらく）する。これから吹太郎にもお静どのをいたわってやる余裕も生まれる」

「それはよございました。あら、太助さん。そんなところで、ずいぶんおとなしいのですね」

　少し離れたところに座っている太助に、多恵は声をかけた。

「へえ、そろそろお暇（いとま）しようと思っていたところでして」

　太助は畏まって言う。

「あら、まだいいでしょう。お酒でもお持ちしましょう」

「とんでもない。もう引き上げますので」

「じゃあ、お茶をいれましょう。お茶ならいいでしょう」

「でも……」

「太助。遠慮するな」

　剣一郎は苦笑しながら言う。

「では、お茶を」

「わかりました」

多恵が去ったあと、

「ここのところ、太助とゆっくり過ごせなかったので、少し不満だったのだ。たまには相手になってやってくれ」

「いえ、ありがたいことです」

太助は素直に応じた。

多恵が女中といっしょに酒肴を運んできた。

「あのお茶では？」

「少しだけならいいでしょう」

それから多恵を交えて、剣一郎は太助と酒を酌み交わした。だが、剣一郎の頭はお連のことで埋まっていた。

三

数日後の夕七つ（午後四時）前、剣一郎が奉行所に戻ると、吹太郎が与力部屋にやってきた。

「青柳さま。儀平が殺された日の夕方、手拭いをかぶった女が納屋のほうから歩いて来るのに出会ったという男が見つかりました。近くの商家の隠居です」

吹太郎がさっそく口を開いた。

「顔を見たのか」

「いえ。遠目だったので顔はわからなかったそうです。でも、体つきは若い女のようだったと」

「若い女……」
十七、八歳でお銀を産んでいるとしたら、お連は今四十半ばぐらいだ。若い女と間違われるだろうか。
「四十過ぎの女だったのではないかときいたら、いや、歩き方といい、若い女だったと言うのです」

「若い女か」

「ひょっとして、その女は使いを頼まれただけなのではないかと」

「使いか。何か根拠はあるか」

剣一郎は吹太郎の考えをきいた。

「はい。もしその女が下手人であれば、何も儀平を湯島聖堂裏まで誘き出す必要はないではありませんか。納屋にいるところを襲うか、あるいは寺の裏手で殺してもいいではありませんか」

「確かに、わしもその点は疑問に思っていた。なるほど、文を納屋に放り込んだのがお連とは別の女だとしたら、隠居が見たのが若い女だというのも納得がゆく」

剣一郎は頷いてから、

「ただ、なぜ本人が真行寺まで出向けなかったのか、別の女を使うことの危険を感じなかったのかという疑問は残るが、ともかく、女のことが確かめられたのは大きい」

「はい」

そこに見習い与力が、京之進が玄関にやってきたことを告げた。

すぐ通すように言うと、京之進がやってきた。

「どうであった?」

剣一郎は吹太郎の横に座った京之進にきいた。

「やはり、男と女が柳原の土手を歩いていくのを、向柳原から新シ橋を渡っていた大工が見てました。その大工は女のほうは夜鷹だと思ったそうです。でも、夜鷹に聞き込んでみましたが、その刻限に客をとった者はいませんでした。伊八と下手人の女とみていいと思います」

京之進は言い切った。

「青柳さま」

吹太郎が声をかけた。

「先ほど青柳さまが仰ったように、なぜ下手人の女が真行寺まで出向かず、ひとを使って儀平を誘い出したのか。そのことが気になりました」

「うむ。案外とそのあたりに手掛かりが潜んでいるやもしれぬな」

「はい」

「あいわかった。ごくろうだった。ふたりとも、早く屋敷に帰り、妻女どのとゆっくりくつろぐのだ」

「はい」

ふたりが引き上げたあと、剣一郎は宇野清左衛門に呼ばれ、年番方与力の部屋に行った。

清左衛門は文机の前で待っていた。

「小田原から返事がきた」

「もう来たのですか」

「急ぎだと書いたので、すぐに対応してくれたようだ」

　そう言い、清左衛門は返事の文を見せた。

　剣一郎は目を通す。

　それによると、お連は捕まったあと、一年後に身許請負人のもとに身柄を預けられて、五年間の奉公のあとにその商家から姿を消した。その後の消息は不明だと記されていた。

　やはり、お連は自由の身になっていたのだ。

　その後、お連はどこでなにをしているのか。

　お銀を探し続けたのではないか。物乞いをしていた幼い女の子が誰かに引き取られたらしいとわかっても、それが鈴鹿の伝蔵とまではわからなかったはずだ。

　剣一郎はお連の心情に思いを馳せた。どんな無慈悲な女にも子どもへの思いがあるのではないか。

　お連はお銀を探し求めた。そして、別れて十数年経ち、ようやくお銀が鈴鹿の伝蔵に引き取られていることを知った。

鈴鹿の伝蔵一味の隠れ家もついに突き止めた。やっとお銀に会える。そう思ったとき、隠れ家が捕り方に急襲された。

伝蔵は生き恥を晒すより死を選んだ。お銀が獄門首になることにも耐えられず、お銀を殺して自分も死んだのだ。

そのことを知ったお連は密告した男に復讐を誓った。密告したのは逃げ果せた四人に違いないと思った。その四人を探した。

五年後、ついに四人は新たな仲間を集めて押込みをはじめた。四人の動きを調べた。そして、殺しを実行した。

ひとり、扇蔵だけはついに手が出せないままに終わった。

この結果に、お連は満足しているのだろうか。

もはや、お連の犯行であることが濃厚になってきた。

翌日、扇蔵が取調べのために奉行所に連れられてきた。吟味方与力の取調べを待つ間、奉行所の仮牢に入れられている。

剣一郎は扇蔵を牢屋同心詰所の近くの庭に呼び出した。

「扇蔵。そなたはお銀の母親のことを知っているか」

「へえ、話に聞いています。母親が捕まったあと、おかしらがお銀さんを養女にしたってことです」

「お銀の母親はお連という。お連は解き放ちになったが、その後、行方はわからない。おそらく、お銀を探していたのではないか」

剣一郎は自分の想像を話した。

「つまり、お連は密告したのはそなたたち四人だと考え、順に命を奪ったのではないだろうか」

「青柳さま。あっしらはそんな真似はしちゃいません。仮に他の三人の誰かが密告したのだとしたら、あっしも気づきます。それに、そのことを漏らすはずです。でも、一切そんなことはありませんでした」

「お連からしたら、逃げ果せた四人が怪しいと思うのではないか」

「そうですね。そう思われても仕方ないですね」

扇蔵は苦い顔をしたあと、

「でも、そうだとしたら、とんだ濡れ衣ですぜ」

と、吐き捨てた。

「確かにな」

剣一郎は頷き、

「ところで、そなたは隠れ家を急襲した坂上吹太郎への復讐を企てていたと言ったな」

と、改めてきいた。

「へえ」

「どうして坂上吹太郎だとわかったのだ？」

「そりゃ、瓦版ですよ。坂上吹太郎の手柄話で盛り上がっていたじゃありませんか。その同心のせいで、おかしらとお銀さんは……」

「密告した者に恨みは向かわなかったのか」

「もちろん、誰が密告したか探しました。でも、見つかりませんでした。霞の東介一味の仕業だろうと思っても、証がないのでどうしようもありませんでした。だから、あっしたちがおかしらを裏切ったとお連が思ったのも無理はないかもしれませんが……」

扇蔵は顔をしかめた。

「もし、お連がいなければ、そなたたちは『但馬屋』に引き続き、『美濃屋』の押込みを成功させていただろうな」

剣一郎は鋭(するど)く言う。

「ほんとうにお連の仕業なんですかえ」

扇蔵が逆にきいた。

「殺された三人の近くに女の影があった。当てはまるのはお連しかいない」

「あっしにはわかりません」

扇蔵は腑(ふ)に落ちないように言う。

「坂上吹太郎への復讐を考えたということは、かなり吹太郎のことを調べたのか」

「ええ。千吉が主に八丁堀の屋敷を見張ったりしました。そして、あとを尾(つ)けて、受け持ちがどこかを探りました」

「そうか」

剣一郎は頷き、

「これからまた取り調べだな」

と、口調(くちょう)を変えた。

「ええ」

「よいか、正直に答えるのだ。澄んだ心で最期を迎えることができる」

「はい」

扇蔵は頷いた。

仮牢に戻される扇蔵を、剣一郎は見送った。


それから一刻（二時間）後、剣一郎は浅草聖天町の『喜洛庵』の離れで、万治と差し向かいになった。

「小田原の町奉行所に問い合わせたところ、お連は解き放ちになってしばらくしてから消息がわからなくなったそうだ」

「そうですか。やはり、生きていたんですね」

「お連はお銀を探したのではないか。裏稼業の身といえど、我が子にかける情はふつうの女と変わりあるまい。お連はお銀を探す旅に出たのだろう。わしはそう思う」

「へえ、常にいっしょに暮らしてきた娘と生き別れになって、お連は五体を引き裂かれそうな苦しみを味わったんでしょう」

万治は答える。

「だが、やっと見つけたというのに、隠れ家の急襲で、お銀は死んだ。お連は密告した者を逃げ果せた四人だと考え、後を追い五年経ってようやく復讐した。そう考えたのだが、どうもしっくりいかない」

「三人を殺したのは女というのは間違いないんですかえ」

万治は確かめる。

「殺しの現場に女の影がある」

「そうですか」

万治は目を細めた。

「何か、思い当たることはないか」

「いえ、おかしらが胸を押さえて苦しんでいたってお紺の話がちょっと気になりました。というのも、おかしらは手下に不審を抱いていたんです。そんな心労から か、最後に会ったときも顔色が悪かった」

「最後に会ったのはいつだ?」

「隠れ家を急襲されるひと月ほど前でした。二階の部屋で、酒を呑み、そばを食べていました。おかしらはうちのそばが好きで……」

万治は涙ぐんだ。

「そのとき、何か変わったことは?」

「いえ。ただ、引き上げるとき、とっつあんのそばはほんとうにうまい。いつまでも達者でな、とあっしに声をかけてくれました。普段はそんなことないのに……」

「いつまでも達者でな、か」

「へえ、まるでひと月後のことを予測していたみたいでした」

「………」

剣一郎の胸に何か引っ掛かるものがあった。ある考えが浮かんだが、それはかえって頭の中を混乱させるだけだった。

翌日、剣一郎は坂上吹太郎とともに小名木川沿いを行き、右手に十万坪と呼ばれる野原や新田などを目に入れながら猿江町を過ぎて大島町に差しかかり、そこを左に折れて亀戸村の羅漢寺の近くにやってきた。

途中にあった桜の樹も青々とした葉が繁り、季節の移ろいを感じさせる。しかし、いまだに謎を解明できないことに、剣一郎は忸怩たる思いだった。

吹太郎が足を止めた。

「あそこの一本杉のそばに隠れ家がありました」

吹太郎が指を差した。

　田畑の中に寺の屋根が見え、一本杉が青い空に向かってそびえていた。そのはるか上を雲雀が鳴きながら飛翔している。藁葺き屋根の農家から出てきた百姓が鍬を持って畑に向かった。繁華な江戸府内と打って変わり、素朴でのどかな田園風景だ。

「その後、家は建っていないのだな」

　隠れ家は鈴鹿の伝蔵が火を放って全焼したのだ。

「そもそも、なぜ、そなたのところに密告があったのだ?」

　剣一郎は疑問を口にした。

　当時、吹太郎は当番方の同心であった。

「隠れ家の急襲の半年前、私は捕物出役で佐賀町の商家に立てこもった狼藉者を取り押さえに行ったことがあります。瓦版にも名前だけ載りました。そのとき、密告した者は私を知ったのではないかと思っていました」

「なるほど。で、密告の文の内容は?」

「はい。鈴鹿の伝蔵一味の隠れ家は深川亀戸村羅漢寺近く、一本杉のそばの百姓家だ、と記されていました。でも、真実かどうかわからないので、目立たぬように調べ、何人もの男の出入りがあるのを確かめ、間違いないと思ったのです」

「密告した者は誰か想像つかなかったか」

「わかりませんでした。当時、鈴鹿の伝蔵一味と張り合っていた霞の東介一味の仕業ではないかと考えましたが、証はありませんでした」

「踏み込んだのは少人数だったな」

「はい。応援を待っていたのですが、その前に気づかれたのです。隠れ家に向かう途中、火盗改の川田与五郎さまとお会いしました。川田さまは鈴鹿の伝蔵一味の隠れ家が深川あたりにあると睨（にら）んで探索していたようです。それでいっしょに隠れ家に行き、川田さまとともに踏み込みました」

　吹太郎は続ける。

「応援が来る前だったので、ともかく頭目の伝蔵だけは逃すまいと狙いをつけました。ところが、伝蔵は自ら火を放ったのです。他の主だった者は捕まえることが出来ましたが、下っ端の手下四人に逃げられました。まさか、その四人が今になって……」

「伝蔵は激しく抵抗したのか」

「いえ、隠れ家が捕り方で包囲されていると思ったらしく、あっさり観念（かんねん）したようです」

「あっさり観念か」

剣一郎は呟く。

「何か」

「いや。で、そのとき、隠れ家には一味の者全員がいたのか」

「はい。全員でした」

「四人以外に逃げ果せた者はいないのだな」

「はい」

剣一郎の脳裏に、隠れ家が炎を上げて燃える情景が掠めた。

「伝蔵はお銀ともども首を刎ねられるのを恐れたのだろうな」

「はい。獄門台に首を晒すことを避けたかったのだと思います」

「うむ」

剣一郎はある思いに駆られていたが、それが正しければ、他のことが説明つかなくなるのだ。やはり、思い過ごしか――。

剣一郎と吹太郎はいつまでも隠れ家のあった場所に目を向けていた。

四

その夜、吹太郎は夕餉のあとにお鈴と過ごし、お静が寝かしつけに行ったあと、濡縁に出て庭に目をやっていた。

最近、お静が窶れたような気がするのだ。ときおり、思い悩んでいるような様子も窺える。

お静に何かあったのだ。

吹太郎がお静と出会ったのは、ほんの偶然だった。

非番の日、茅場町薬師で植木市が立ったとき、八丁堀の屋敷から植木市に出かけた。境内には所狭しと盆栽が並んでいたが、ひともいっぱいでなかなか前に出られなかった。諦めて踵を返したとき、若い女とぶつかってしまった。女は体勢を崩した。あわてて、吹太郎は抱えた。

そして、女の顔を見た瞬間、吹太郎は稲妻に打たれたような衝撃を受けた。まるで観世音菩薩のようにやさしい眼差しの美しい女だった。

そのとき、何を口にしたのか覚えていない。気がついたときには、いっしょに茅場町薬師を出て、日本橋川のほうに歩いていた。

女はお静と名乗った。南町同心の坂上吹太郎と名乗ると、意外な言葉が返ってきた。

「存じあげています。佐賀町の立てこもりのとき、果敢に踏み込んでいった勇気あるお方が坂上吹太郎さまだとお聞きいたしました」

その日からふたりの仲は一気に縮まった。

だが、お静の過去はよく知らなかった。天涯孤独の身だったという話はしたが、それ以上詳しいことは言おうとしなかった。

お静がどのような暮らしをしてきたのか、何も知らないままだった。お静ほどの器量の女だ。それまで男が放っておくはずはない。付き合っていた男もいたはずだ。その男との関係はどうなったのか。

お静が部屋にやってきた。

「休んだのか」

濡縁から戻って、吹太郎はきいた。

「はい」

「お静、そこに」

座るように言い、吹太郎も腰を下ろした。

「お静。近頃、どこか気分が優れぬようだが」

吹太郎は心配してきいた。

お静は俯いた。

「やはり、そうか。なんでも話してくれ」

お静は顔を上げた。

「お願いがございます」

「うむ、なんだ？」

「じつは私の母が京にいることを知りました。病に臥せっているとのこと。会いに行きたいのです。どうか、お暇を願いとうございます」

「…………」

吹太郎は耳を疑った。お静は天涯孤独の身だと言っていた。

「どうして今になって母御のことが……」

「先日、川田さまのところにお線香を上げに行った帰り、知らない女の方から声をかけられました。私が知人と顔がそっくりだと。それで話を聞いていて、その方の知人が幼い頃に生き別れになった母に違いないとわかったのです」

「京まで行くというのか」

「はい」

「京への往復にひと月もかかろう。向こうでの滞在がどのくらいになるか」

「行ってみなければわかりません」

「まさか半年、あるいは一年……」

「………」

お静から返事はなかった。

「お鈴はどうするのだ?」

「どうかあなたさまの手で。それに、女中になついております。私がいなくてもなんとかなるかと」

「そんな」

「どうか、私のわがままをお許しください」

「なぜだ、なぜ……」

吹太郎はうろたえていた。お静を京に行かせたら、もう二度と会えないような気がしてならなかった。

翌日、剣一郎は今日も亀戸村の羅漢寺近くの一本杉の見える場所に来ていた。

「青柳さま。ここに何か」

太助が不審そうにきく。

「あの一本杉のそばに鈴鹿の伝蔵一味の隠れ家があったのだ。吹太郎たちが急襲した際、伝蔵が火を放って燃やした」

「へえ」

太助は目を見張って一本杉に目を向けた。

お連はお銀を探していたはずだ。その証はないが、理由は明白だった。母親だからだ。娘を思う母の気持ちに加え、娘を不幸に追いやったという自責の念からもきっと探していたはずだ。そして、やっと見つけだしたのではないか。

そこまでは想像どおりだったと思う。ただ、お銀と再会できなかったのか。もし、再会出来たとしたら……。

いくら五年前のこととはいえ、伝蔵一味の隠れ家を密告した者が浮かんでこないのは妙だ。いったい、密告したのは誰なのか。

伝蔵が胸を押さえて苦しんでいたというお紺の話を思い出す。また、万治はおかしらは手下に不審を抱いていたという。このふたりの話から、伝蔵は体を壊し、そのために手下の誰かが伝蔵に取って代わろうとしていたのではないか。そのことを、伝蔵は気づいていたようだ。

そこで気になるのは、万治のあの言葉だ。隠れ家を急襲されるひと月ほど前、伝蔵は『喜洛庵』にやって来てそばを食べた。そして、引き上げるとき、とっつあんのそばはほんとうにうまい。いつまでも達者でなと、万治に声をかけたという。

お紺と縁を切ったのも不思議だ。店を持たせてやって別れている。まるで、死にゆく前に親しいひとたちに別れを告げているようではないか。

伝蔵は病に罹(かか)った。このままでは手下に裏切られるかもしれないと思い、伝蔵自らが密告したのではないか——そうすれば、手下の野心を潰すことが出来る。

だが、この考えには大きな欠陥がある。伝蔵は死ぬつもりだったろうが、お銀まで道連れにしてしまうことだ。

伝蔵はほんとうにお銀を道連れにしたのか。気になるのは亡骸を焼いていることだ。

なぜ、そんなことをしなければならなかったのか。

初夏の香りを乗せて風が吹いてきた。明るい陽光を浴(あ)びながら、剣一郎は陰湿(いんしつ)

な想像をしていた。

伝蔵はお銀を殺したあとに油をかけて火を放ったというが、獄門台に首を晒させないようにするためだけとは思えない。

それより、お銀を逃がそうとした様子もない。なぜ、逃がそうとせず、お銀を殺し、体を焼いたのか。死してなお、共にいたいとまで願っていたということか、否……。

剣一郎は大きく吐息を漏らした。子を想う母の心と先の短い養父の心、そのふたつが合わされば、死んだ者も生き返るかもしれない。

「そうか」

剣一郎はやりきれないように言った。

「なんですか」

太助が訝しげに顔を向けた。

「密告したのは伝蔵だ」

「おかしらが手下を裏切ったってことですか」

「あの隠れ家襲撃にはふたつの意味があったのだ。ひとつは、裏切ろうとしている者を奉行所に捕まえてもらうこと。もうひとつはお銀を逃がして自由にすることだ」

「お銀を逃がすって、伝蔵はそのお銀を斬っているんじゃありませんか」

太助は納得できないように言う。

「そこだ。伝蔵が斬ったのは、お銀ではないのかもしれない」

「じゃあ、誰なんですか」

太助がきいた。

「お連だ」

「まだわかりません」

「お連はお銀のために自らを犠牲にしたのだろう。お銀になりすまして死んでいった。伝蔵が油をかけて火を放ったのも、亡骸の特徴をわからなくするためだ。年齢でお銀ではないと見破られないために」

「そんなことが……」

太助は絶句した。

「伝蔵とお連は、命を賭けてお銀を守ったのだ」

「じゃあ、お銀は今もどこかでのうのうと生きているというわけですか」

太助が声高（こわだか）に言った。

「そうだ。別人に生まれ変わっているのかもしれない」

「江戸にいるかどうかもわからないですね」

「うむ」

「そうだとすると、千吉ら三人を殺したのは誰なんでしょう。お銀には殺す理由があるとは思えませんが」

お銀に足を洗わせ、まっとうな暮らしをさせたいと、お連は伝蔵に頼んだのかもしれない。しかし、足を洗ったところで奉行所の追手がつきまとう。そこから逃れるには死んだことにするしかない。

伝蔵はそう言ったのではないか。それに対してお連は自分が身代わりになると決意した。それだけ、お銀を堅気にさせたかったのだろう。

お銀が素直に従ったとは思えない。じつの母親を犠牲にして自分だけ助かろうと思うはずはない。いくら鬼女と呼ばれた女でも、母娘の情愛はあるのではないか。それとも、親でさえも平然と犠牲に出来たのだろうか。

もし、密告したのが伝蔵であり、お連が身代わりで死んだのだとしても、それは千吉たち三人の殺しとは繋がらないようだ。

待てよ、と剣一郎は思わず声を上げた。

「なぜ、密告は坂上吹太郎宛てだったのか」

隠れ家の急襲の半年前、吹太郎は捕物出役で佐賀町の商家に立てこもった狼藉者を取り押さえたことがあったという。そのとき、密告した者は吹太郎を知ったのではないかと推量していたが、しかし、密告する相手を選ぶなら鈴鹿の伝蔵一味を追っていた定町廻り同心か、火盗改ではないか。

「なぜ、吹太郎だったのか」

剣一郎はもう一度呟いた。

だから、扇蔵たちは吹太郎に復讐を決意した。しかし、その復讐が失敗に終わったのは、千吉たちを殺す謎の下手人が現われたからだ。

「扇蔵たちの狙いは、坂上吹太郎だった。吹太郎の管轄である四谷、麴町周辺で押込みを繰り返し、やがては吹太郎の殺害をも目論んでいた。千吉たちが死んで、結果的には吹太郎の危機が救われたことになる」

もしや、それこそが下手人の狙いだったとしたら……。

剣一郎はふいに心ノ臓を鷲摑みにされたような衝撃を受けた。

「太助。奉行所に戻る」

「へい」

剣一郎と太助は来た道を戻った。

奉行所に戻った剣一郎は同心詰所に顔を出し、坂上吹太郎が戻ったら来るようにと言付(ことづ)けて与力部屋に行った。

四半刻（三十分）後に、吹太郎がやって来た。

「青柳さま、お呼びにございましょうか」

「うむ、空(あ)いている部屋に行こう」

と、剣一郎は立ち上がった。

与力詰所の隣にある部屋で、ふたりは差し向かいになった。

「いや、さしたる用ではないのだ。じつは、先日、家内がお静どのになんとなく元気がなかったと言っていたので、ちょっと気になってな」

「はあ」

吹太郎は暗い表情になった。

「どうした？」

「じつはお静が急に京に行くことになりました」

「京に？」

「はい。孤児（みなしご）だと聞いていたのですが、お静の実の母親が京にいることがわかったそうです。それで、病に臥せっているので見舞いに行きたいと」

「なぜ、またこの時期に？」

「母親の知り合いとばったり出会い、声をかけられたそうです。お静が母親の顔とそっくりだったので声をかけてきたと」

「その母親の知り合いとは会ったことはあるのか」

「いえ、ありません」

　ほんとうにそのような人物が現われたか疑問だ。

「お静どのはいつ出立するのだ？」

「数日のうちに出立したいと。私は不安なのです。このまま永久（とわ）の別れになるのではないかと……」

「なぜ、そう思うのだ？」

「前々から感じていた漠然（ばくぜん）とした不安です。私のために尽くし、子どもを慈（いつく）しみ、お静は申し分ない妻でした。あまりにも完璧過ぎました。こんな仕合わせがあっていいのだろうかという不安が前々からあったのです」

「そなたとお静どのとの出会いは薬師の植木市であったな」

吹太郎からそう聞いていた。

「はい」

「そなたが奉行所の同心だと知らなかったのか」

「いいえ、佐賀町の立てこもりで私が捕物出役で出張ったとき、お静はたまたま通りかかって私を見たそうです」

「なに、お静どのもその現場にいたと言うのか」

「はい」

「確か、そなたの考えでは、密告者もその事件がきっかけでそなたを知ったのではないかと言っていたな」

「はい」

吹太郎は不安そうに答え、

「それが何か」

「いや、なんでもない。それで、お静は自分で孤児だったと言ったのだな」

剣一郎は問いかけを続ける。

「そうです。ですから、今回の話はまったく寝耳(ねみみ)に水でした」

「子どもはどうするつもりだ？」

「私に任せると。それに、女中になついているから、しばらくは大丈夫だろう、と」

「そなたはお静どのの言葉を信じていないのか」

「はい」

返事まで間があった。

「どう思っているのだ？」

「昔の男が現われたのではないかと」

吹太郎は苦しそうに言う。

「そのような兆候(ちょうこう)があったのか」

「はい。近頃、外出することが増えました」

「外出？」

「はい」

「夜は？」

「私が役目を終えて戻っても、まだ帰っていないことがありました」

「これまでにも外出することはあったのか」

「いえ、ありません。ここ、二か月ぐらいです」

「どこに行っているのかきいたか」

「寺社へ祈願のために参詣しているると申しております。また、川田さまのお墓参りやお屋敷にお線香を上げに行ったりと」

「川田どののところに？」

「はい。なにしろ、養女にしてくださったのですから」

「そうだの」

「ですが、川田さまのお屋敷に行って確かめましたが、お静は訪ねていませんでした。嘘だったのです」

吹太郎は呻くように言い、

「お静ほどの女を男が放っておくはずありません。昔の男のところに戻るつもりではないかと」

「いや、お静どのはそのような女子ではないはずだ。お静どのがそなたのことを心から慕っていることはわしの目からもわかる」

「でも……」

剣一郎は少し考えてから、

「このまま、お静どのを旅立たせるつもりか」

「気持ちは固いようです。私の言うことは聞き入れそうもありません」

吹太郎は困り果てたように言う。

「もし必要なら、わしか家内がお静どのと話をしてもいい」

「いえ、無駄だと思います」

「そちには言いづらいこともわしには話してくれるかもしれぬ。そうだ、お静どのに京に行く挨拶をわしのところにしておいたほうがいいとか理由をつけて、屋敷に来させてくれぬか」

「わかりました。そう伝えておきます」

「吹太郎、気持ちをしっかり持つのだ」

剣一郎は吹太郎を送り出したあと、ひとり部屋に残って考えた。

お静の話は素直に信じられない、母に会いに行くというのは方便だろう。

かといって他に男がいるとは思えない。だとしたら……。

剣一郎は自分の考えが的外れであって欲しいと切に願った。

五

翌日、東の空が微（かす）かに白みだしていた。あたり一面靄（もや）がかかっていた。剣一郎は楓川（かえでがわ）にかかる海賊橋（かいぞくばし）の袂（たもと）に立っていた。

靄が町並みを隠し、見えるのは目の前に続く道だけだ。それも途中で消えている。まるで雲海の中にいるようだ。剣一郎は耳をすまして待った。やがて、微かに地を擦（す）るような足音が聞こえてきた。

朝靄の中にひと影が浮かび上がった。菅笠（すげがさ）をかぶり、手甲脚絆（てっこうきゃはん）に杖（つえ）を持った旅装の女だ。

足早に橋に近づいてきたとき、剣一郎はその前に立ちふさがった。

「青柳さま」

お静は絶句（ぜっく）した。

「お静どの。お待ちしていた」

「どうしてここに……」

「吹太郎に挨拶をせずに出立すると思ったのでな。そして、きっと旅立つ前に薬師にお参りをするであろうから、この橋を使うと考えた」

剣一郎はお静の顔を見つめて言う。

凛(りん)とした顔立ちに、同心の妻としての威厳や母親らしい落ち着きが感じ取れた。だが、その美しい顔立ちの奥に深い悲しみが漂(ただよ)っているように思えた。

「なぜ、急に京に旅立つことになったのだ？」

剣一郎は切り出した。

「はい。実の母の消息がわかりました。生き別れの母に今会っておかないと、もう二度と会えないと思いまして」

「吹太郎とお鈴はどうなさるのか」

「そのことを考えると、胸が締めつけられますが……」

「お鈴にもそなたと同じ目に遭わせることになってしまわぬか。母恋しと泣くようなことはないのか」

剣一郎は鋭く言う。

「………」

「お静どの。隠していることがあれば、正直に話してはくれぬか」

「いえ、隠していることなどありません」

お静は消え入りそうな声で言う。

「そなたは吹太郎と薬師の植木市で出会ったそうだな」

「はい」

「偶然か」

「えっ？」

「それ以前に、吹太郎が捕物出役で出張ったとき、見かけていたそうではないか」

「はい」

「薬師の植木市は偶然ではなかったのではないか。はじめから吹太郎に近づくつもりだったのでは」

「…………」

「そうなのだな」

「なぜ、そう決めつけるのでございますか」

「真実が知りたいからだ」

「真実？」

「そなたが何者かだ」

「私は坂上吹太郎の妻でございます」

「ならば、京から戻るつもりはあるのだな」

「ございます」

「それはいつになる？」

「ひと月かふた月……」

「お静どの」

剣一郎はいたわるような目を向け、

「そなたの顔には深い悲しみの色が出ている。愛(いと)しい夫と子どもを置いて去って行くことの辛さに、必死に耐えているようだ。違うか」

「いえ」

お静は厳しく言う。

「そなた、もう二度と戻ってこぬ覚悟で、坂上の屋敷を出たのではないか」

お静ははっとしたように顔を上げたが、すぐに俯いた。

「二十年ほど前、枕探しのお連という女が子連れで旅人の財布を盗んでいたそうだ。ところが小田原宿で失敗して捕まった。お連は牢に入れられ、子どもと別れ別れになった」

「そんな話、私には関係ありません」

微かにうろたえたように見えた。

「まあ、聞いてもらおう」

そう言い、剣一郎は続けた。

「一年後に解き放ちになったお連は我が娘を探した。必死に探したのだ。そして、十数年後にやっと巡り合った。娘のお銀は鈴鹿の伝蔵という盗賊の頭目に引き取られていた」

「おやめください。私は急がねば」

お静は先に進もうとした。

「行かせぬ」

「どうしてでございますか」

「そなたは吹太郎とお鈴のために出ていくのであろう。自分がいたのではふたりは不幸になるからと」

「…………」

「そなた、死ぬつもりではないのか」

「青柳さま、どうかご勘弁(かんべん)を」

お静は頭を下げて訴える。

「ここはひとが通る。向こうへ」

剣一郎は橋の脇の川っぷちに誘った。靄はさっきより濃くなったような気がする。

天秤棒をかついだ納豆売りらしい男が、橋を通って行った。

「そなたの本当の名は……」

立ち止まって向き合ってから、剣一郎はいきなり口にした。

「お銀だな」

お静はあっと声を上げた。

「認めるのか」

「……はい」

お静は観念したように頷いた。

「五年前の隠れ家急襲は、伝蔵とお連がそなたのために仕組んだこと。お連は娘のために己を犠牲にしたのだ」

「………」

お静は目頭を押さえた。

「せっかく、お連が身を犠牲にしてそなたを生まれ変わらせてくれたのに、このようなことになって、さぞかしお連は草葉の陰で嘆いていることであろう」

お静は嗚咽を堪え、

「私は吹太郎さまと出会って、生まれてはじめてひとを恋しく思うようになりました。それからの私には自分でも知らない感情が芽生えました。無慈悲なことを平気でしてきた私は、そこでようやく今まで自分が犯してきた過ちに気づきました。ひとを好きになるというのは、こんなに切ないものだとはじめて知りました」

「ひとを好きになって、はじめてそなたはまっとうな心を取り戻したのだ」

「吹太郎さまへの思いを知った母が、私のために……ひさしぶりに会った母に、吹太郎さんのことを話したとき、母は優しそうに笑って喜んでくれました。そして、母は自らの命を犠牲にして、私を生まれ変わらせてくれたんです……」

「そうだ。それが母親というものだ。さんざん苦労をかける娘のために、それでもその娘の仕合わせのために、命をかけることが出来るのだ。だが、そなたは自分の娘のためになにもしてやれないまま、その前から姿を消さねばならぬ羽目になった。なぜ、三人を殺したのだ」

「ふた月ほど前、屋敷の様子を窺っている男がいました。顔を見て、息が止まりそうになりました。千吉だったのです。吹太郎さまの様子を探るためだと察しました。その後、『但馬屋』に押込みが入ったことを知り、千吉たちの仕業だとわかりました。そのとき、千吉たちは吹太郎さまに復讐しようとしている。吹太郎さまを守らねばならないと思い、私は千吉たちを調べだしたのです」

手掛かりは、浅草聖天町の『喜洛庵』だった。伝蔵が使っていたところを、お静も知っていた。そこで見張り、千吉、伊八、儀平の動きを摑んだという。

「紀尾井坂の近くで千吉に声をかけました。私が生きていたことを知って驚いていました。千吉は坂上吹太郎に復讐するのだと言ってました。受け持ち内の商家に三軒押し込み、その探索で苦悩を与えたあとに、子どもと妻女を殺して地獄に落とし、それから最後に命を奪う。そう得意気に話していました。私は四人をなんとかしなくてはと思い、坂を上って行く途中で千吉を……」

「他に手立てはなかったのか」

剣一郎はやりきれないようにきく。

「私がお銀であるからには、誰にも相談は出来ませんでした」

「せっかく生まれ変わったのに、手を汚してしまえば、吹太郎たちとは暮らせなくなる。そうは思わなかったのか」

「思いました。でも、所詮、私は仕合わせを掴んではいけない身だったのです。過去の悪行を考えれば、いつか罰が当たることはわかっていました。この五年間仕合わせな日々を送れただけでもありがたいと思っています」

「これからどこへ行くつもりだ？」

「幼い頃、母と暮らした記憶がある伊豆の下田に」

「海に身を投じるつもりか」

「……………」

「自訴する気はないのか」

「私ひとりのことならこんなに苦しまずに済みます。吹太郎さまの御立場を考えたらひっそりと消えていくしかありません。もし、青柳さまがここで私をお捕まえになるなら、私はこの場で自害を。その場合、どうか、吹太郎さまに災いが及ばないようにご配慮をお願いいたします。このとおりでございます」

「お鈴の行く末を見届けたくはないのか」

「それはやまやまでございます。母が私にしてくれたように、私もお鈴のために
……」

お静は涙ぐんだ。

「お銀、いや、お静どの」

と呼びかけ、

「そなたをこのまま見過ごすわけにはいかぬ。これからもわしの目の届くところにそなたを留め置かねばならない」

「はい」

お静は頷き、

「どうか、吹太郎さまに御迷惑がかからぬように」

「心配いらぬ」

剣一郎は言い、

「そなたをこれからこちらに留め置く」

と、懐から封書を取りだした。

「これは？」

「鎌倉にある尼寺だ。ここで、そなたの手で犠牲になった者たちの供養をし、吹太郎や娘の無事な成長を祈って過ごすのだ」

「えっ」

　お静は目を見開いた。

「お静。死んでは何にもならぬ。生きていればきっといつか娘に会うことも出来よう。吹太郎にもな」

「…………」

「これは命令である」

「青柳さま」

　お静は嗚咽を漏らした。

「霧が晴れてきそうだ。その前に出立するのだ。ただし、そなたがちゃんと鎌倉の寺に落ち着くまで監視をつけねばならぬ。よいな」

「はい」

「よし。太助」

　剣一郎は呼んだ。

　すると、霧の中から旅装の太助が現われた。

「この者はわしの腹心(ふくしん)で、信用出来る男だ。この者にそなたを鎌倉まで送らせる」

「太助です。きっと鎌倉までお守り申し上げます」

太助はお静に言う。

「では、靄が晴れぬうちに」

剣一郎は促した。

「青柳さま。このとおりでございます」

お静は頭を下げて、

「どうか吹太郎さまによしなに」

「うむ」

「さあ、行きましょう」

「太助、頼んだ」

「はい」

太助とお静は海賊橋を渡って行った。

靄が薄くなり、太助とお静の姿がかなたに消えたあと、剣一郎は踵を返した。

が、すぐ足を止めた。靄が消えて、男の姿が浮かび上がった。

「吹太郎か」

「はい」

「お静は出かけた」

「まさか、お静がお銀だったなんて」

「気づいていたのか」

「青柳さまの様子からなんとなく」

「そうか。お銀はそなたに恋をし、はじめてひととしての心が生まれたのだ。伝蔵とお連はそんなお銀の仕合わせを守るために、五年前に隠れ家の密告を画策(かくさく)したのだ。そして、今回、そなたを守るために、お銀はまた手を汚してしまった」

「私がお静を守ってやれなかったのです」

「違う。これも定(さだ)めだった。お静どののためにも、お鈴を立派に育てるのだ。いつか、成長したお鈴の姿を見せてやるために」

「はい」

吹太郎はその場に泣き崩れた。


十日後、剣一郎は小伝馬町の牢屋敷の刑場の入口前にいた。

すでに刑場には牢屋奉行の石出帯刀(いしでたてわき)や検使与力、牢屋見廻り同心等が並んでいた。その入口に扇蔵が連れてこられた。

牢屋同心は扇蔵を刑場に入れる前に待機していた剣一郎の前に連れてきた。

「扇蔵、いよいよお別れだ」

「へえ」

扇蔵の最期の願いをはっきり覚えていた。

「扇蔵。五年前の密告した者がわかったので知らせにきた」

「えっ、誰ですか」

「鈴鹿の伝蔵だ」

「冗談でしょう」

「ほんとうだ」

そのわけを話すと、扇蔵は呆気にとられていた。

「つまり、お銀さんは生きていたんですか」

「そうだ。生まれ変わって坂上吹太郎の妻になっていた」

「なんですって」

扇蔵は目を剝いて驚いた。

「じゃあ、千吉たちを殺したのは……」

「そうだ。夫の吹太郎を守るために、お銀がやったのだ」

「そうでしたか」

牢屋同心が近づいてきた。

「青柳さま。そろそろ」

「わかりました」

牢屋同心に返事をしてから、

「扇蔵。さらばだ」

と、声をかけた。

「青柳さま。あっしのような男のために約束を果たしてくれたんですね。ああは言ったものの、願いを聞き届けてくれるなんざ、これっぽっちも信じちゃいなかった。それにこんな大事なことをあっしに打ち明けてくれて」

扇蔵は深々と頭を下げた。

「では、行ってきます」

扇蔵は牢屋同心に連れられて刑場に入って行った。


その夜、八丁堀の屋敷に旅装の太助がやって来た。

「青柳さま。ただ今、帰りました」

太助は庭先から声をかけた。

「太助、ごくろうだった」

　剣一郎は濡縁に出て迎えた。

「お静さんは無事に尼寺に入りました」

「そうか。これで一安心だ」

「坂上さまのほうはいかがしますか。お静さんはずいぶん気にしていました」

「悲しみや寂しさはなかなか消えまいが、お鈴とふたりで頑張っている。多恵がときたま様子を見に行っているが、お鈴も日増(ひま)しに元気になっているようだ」

「それはよござんした」

「まあ、太助さん。帰ったのね、さあ、お上がりなさい。夕餉、まだなんでしょう」

「へい、腹ぺこで。その前に足の濯(すす)ぎを」

「勝手口にまわりなさいな」

　多恵もうれしそうに奥に向かった。

　剣一郎はふと庭に目をやって、藤(ふじ)の花が咲いているのに気づいた。

　剣一郎は忸怩たる思いを抱えていた。お銀が生きていたことを自分の胸に秘めてしまったのだ。

千吉たち三人を殺したのはお銀の母親お連の仕業であると思われるが、証はまったくなく確証にいたっていないという報告を宇野清左衛門にした。

真実こそがひとを救う。そう日頃口にしていた剣一郎が、真実をねじ曲げたことになる。

そのことには心が痛むが、今回はあれ以外手はなかったと思っている。

足音がした。太助がやって来た。

「もう、飯を食ってきたのか」

「はい」

「早飯だな」

「へえ、夢中で食べてきました」

「今回もそなたには力になってもらった」

「いいえ。それにしてもあんなにやさしいひとがほんとうに鬼女と呼ばれたお銀っていう女なんですかえ。あっしには信じられねえ」

「恋だ。恋がお銀の心を変えたのだ」

「へえ、恋が」

「太助は好きな女子(おなご)はいないのか」

「そ、それは……」

急に太助ははにかんだ。

「よし。太助、今夜は呑もう。ちょうどきょうは満月だ。月の光の下でそなたの恋の話を聞かせてもらおう」

「困ります」

あたりは暗くなり、くっきりした満月が庭の上に出ていた。

一〇〇字書評

切り取り線

購買動機（新聞、雑誌名を記入するか、あるいは○をつけてください）	
□（　　　　　　　　　　）の広告を見て	
□（　　　　　　　　　　）の書評を見て	
□ 知人のすすめで	□ タイトルに惹かれて
□ カバーが良かったから	□ 内容が面白そうだから
□ 好きな作家だから	□ 好きな分野の本だから

・最近、最も感銘を受けた作品名をお書き下さい

・あなたのお好きな作家名をお書き下さい

・その他、ご要望がありましたらお書き下さい

住所	〒				
氏名		職業		年齢	
Eメール	※携帯には配信できません	新刊情報等のメール配信を 希望する・しない			

この本の感想を、編集部までお寄せいただけたらありがたく存じます。今後の企画の参考にさせていただきます。Eメールでも結構です。

いただいた「一〇〇字書評」は、新聞・雑誌等に紹介させていただくことがあります。その場合はお礼として特製図書カードを差し上げます。

前ページの原稿用紙に書評をお書きの上、切り取り、左記までお送り下さい。宛先の住所は不要です。

なお、ご記入いただいたお名前、ご住所等は、書評紹介の事前了解、謝礼のお届けのためだけに利用し、そのほかの目的のために利用することはありません。

〒一〇一－八七〇一
祥伝社文庫編集長　坂口芳和
電話　〇三（三二六五）二〇八〇

祥伝社ホームページの「ブックレビュー」からも、書き込めます。

www.shodensha.co.jp/bookreview

祥伝社文庫

母の祈り　風烈廻り与力・青柳剣一郎

令和 2 年 4 月 20 日　初版第 1 刷発行

著　者　小杉健治
発行者　辻　浩明
発行所　祥伝社
東京都千代田区神田神保町 3-3
〒 101-8701
電話　03（3265）2081（販売部）
電話　03（3265）2080（編集部）
電話　03（3265）3622（業務部）
www.shodensha.co.jp

印刷所　堀内印刷
製本所　積信堂
カバーフォーマットデザイン　中原達治

Printed in Japan ©2020, Kenji Kosugi　ISBN978-4-396-34619-5 C0193

祥伝社文庫の好評既刊

小杉健治　**灰の男**（上）

B29を誘導するかのような放火、空襲警報の遅れ――昭和二十年三月二十日の東京大空襲は仕組まれたのか⁉

小杉健治　**灰の男**（下）

愛する者を喪いながら、歩みを続けた昭和の人々への敬意。衝撃の結末が胸を打つ、戦争ミステリーの傑作長編。

小杉健治　**伽羅の残香**　風烈廻り与力・青柳剣一郎㊴

富商、武家、盗賊。三つ巴の争い。剣一郎が見た、欲にまみれた男たちの哀しき争いの結末とは⁉

小杉健治　**夜叉の涙**　風烈廻り与力・青柳剣一郎㊵

剣一郎、慟哭――。義弟を喪った悲しみを抱き、断絶した父子のため、一家皆殺しの残忍な押込み一味を討つ。

小杉健治　**幻夜行**　風烈廻り与力・青柳剣一郎㊶

その旅籠に入った者は死ぬ！　殺された女中の霊が……？　次々と起こる不可解な死の謎に、剣一郎が挑む。

小杉健治　**夢の浮橋**　風烈廻り与力・青柳剣一郎㊷

〝鶴の一六四二番〟手にした者は必ず死ぬ、呪われた富くじ――。真相に気付いた男達は、一獲千金を目論む。

祥伝社文庫の好評既刊

祥伝社文庫の好評既刊

今村翔吾
火喰鳥(ひくいどり)
羽州(うしゅう)ぼろ鳶(とび)組
かつて江戸随一と呼ばれた武家火消・源吾(げんご)。クセ者揃いの火消集団を率いて、昔の輝きを取り戻せるのか⁉

今村翔吾
夜哭烏(よなきがらす)
羽州ぼろ鳶(とび)組②
「これが娘の望む父の姿だ」火消としての矜持を全うしようとする姿に、きっと涙する。最も〝熱い〟時代小説！

今村翔吾
九紋龍(くもんりゅう)
羽州ぼろ鳶(とび)組③
最強の町火消とぼろ鳶組が激突⁉ 残虐な火付け盗賊を前に、火消は一丸となれるのか。興奮必至の第三弾！

今村翔吾
鬼煙管(おにきせる)
羽州ぼろ鳶(とび)組④
京都を未曾有の大混乱に陥れる火付犯の真の狙いと、それに立ち向かう男たちの熱き姿！

今村翔吾
菩薩花(ぼさつばな)
羽州ぼろ鳶(とび)組⑤
「大物喰いだ」諦めない火消たちの悪あがきが、不審な付け火と人攫いの真相を炙り出す。

今村翔吾
夢胡蝶(ゆめこちょう)
羽州ぼろ鳶(とび)組⑥
業火の中で花魁(おいらん)と交わした約束――。消さない火消の心を動かし、吉原で頻発する火付けに、ぼろ鳶組が挑む！

祥伝社文庫の好評既刊

辻堂　魁
はぐれ烏（がらす）
日暮し同心始末帖①

旗本生まれの町方同心・日暮龍平（ひぐれりゅうへい）。実は小野派一刀流の遣（つか）い手。北町奉行から凶悪強盗団の探索を命じられ……。

辻堂　魁
花ふぶき
日暮し同心始末帖②

柳原堤（やなぎわらづつみ）で物乞いと浪人が次々と斬殺された。探索を命じられた龍平は背後に見え隠れする旗本の影を追う！

辻堂　魁
冬の風鈴
日暮し同心始末帖③

佃島（つくだじま）の海に男の骸（むくろ）が。無宿人（むしゅくにん）と見られたが、成り変わりと判明。その仏には奇妙な押し込み事件との関連が……。

辻堂　魁
天地の螢
日暮し同心始末帖④

連続人斬りと夜鷹の関係を悟った龍平。悲しみと憎しみに包まれたその真相に愕然とし――剛剣（ごうけん）唸る痛快時代！

辻堂　魁
逃れ道
日暮し同心始末帖⑤

評判の絵師とその妻を突然襲った悪夢とは――シリーズ最高の迫力で、日暮龍平が地獄の使いをなぎ倒す！

辻堂　魁
縁切り坂
日暮し同心始末帖⑥

比丘尼女郎が首の骨を折られ殺された。同居していた妹が行方不明と分かるや龍平は彼女の命を守るため剣を抜く！

祥伝社文庫の好評既刊

葉室麟　**蜩ノ記**　ひぐらしのき

命を区切られたとき、人は何を思い、いかに生きるのか？　大ヒットし数多くの映画賞を受賞した同名映画原作。

葉室麟　**潮鳴り**　しおなり

『蜩ノ記』に続く、豊後（ぶんご）・羽根（うね）藩シリーズ第二弾。〝襤褸蔵（ぼろぞう）〟と呼ばれるまでに堕ちた男の不屈の生き様。

葉室麟　**春雷**　しゅんらい

「〝鬼〟の生きざまを通して〝正義〟を問う快作」作家・澤田瞳子。日本人の凜たる姿を示す羽根藩シリーズ第三弾。

葉室麟　**秋霜**　しゅうそう

「厳しい現実に垂らされた〝救いの糸〟のような物語」作家・安部龍太郎。感涙の羽根藩シリーズ第四弾！

簑輪諒　**最低の軍師**

一万五千対二千！　越後の上杉輝虎に攻められた下総国臼井城を舞台に、幻の軍師白井浄三の凄絶な生涯を描く。

簑輪諒　**うつろ屋軍師**

戦後最大の御家再興！　秀吉の謀略で窮地に立つ丹羽家の再生に、空論屋（うつろや）と呆れられる新米家老が命を賭ける！

祥伝社文庫の好評既刊

有馬美季子
縄のれん福寿
細腕お園美味草紙

〈福寿〉の料理は人を元気づけると評判だ。女将・お園の心づくしの一品が、人と人とを温かく包み込む江戸料理帖。

有馬美季子
さくら餅
縄のれん福寿②

生みの母を捜しに、信州から出てきた連太郎。お園の温かな料理が、健気に悩み惑う少年を導いていく。

有馬美季子
出立ちの膳
縄のれん福寿③

一瞬見えたあの男は、失踪した亭主なのか。落とした紙片に書かれた謎の食材を手がかりに、お園は旅に出る。

有馬美季子
源氏豆腐
縄のれん福寿④

〈福寿〉に危機が⁉ 近所に出来た京料理屋に客を根こそぎ取られた。だがお園は信念を曲げず、板場に立ち続ける。

有馬美季子
縁結び蕎麦
縄のれん福寿⑤

大切な思い出はいつも、美味しい料理とつながっている。細腕お園の心づくしが胸を打つ、絶品料理帖。

有馬美季子
はないちもんめ

口やかましいが憎めない大女将・お紋、美貌で姉御肌の女将・お市、見習い娘・お花。女三代かしまし料理屋繁盛記！

〈祥伝社文庫　今月の新刊〉

笹本稜平
ソロ ローツェ南壁
ヒマラヤ屈指の大岩壁に、名もなき日本人が単独登攀で立ち向かう！　傑作山岳小説。

東川篤哉
ライオンは仔猫に夢中 平塚おんな探偵の事件簿3
湘南の片隅で名探偵と助手のガールズコンビの名推理が光る。人気シリーズ第三弾！

沢村　鐵
極夜3　リデンプション 警視庁機動分析捜査官・天埜唯
テロ組織、刑事部、公安部、内閣諜報部——究極の四つ巴戦。警察小説三部作、完結！

柴田哲孝
RYU
米兵は喰われたのか？　沖縄で発生した不可解な連続失踪事件に、有賀雄二郎が挑む。

草凪　優
悪の血
官能の四冠王作家が放つ、渾身の犯罪小説！底辺に生きる若者が、自らの未来を切り拓く。

小杉健治
母の祈り 風烈廻り与力・青柳剣一郎
愛が女を、母に、そして鬼にした——。驚愕の真相と慈愛に満ちた結末に、感涙必至。

木村忠啓
虹かかる
七人の負け犬が四百人を迎え撃つ！　勝ち目のない闘い——それでも男たちは戦場に立つ。

黒崎裕一郎
必殺闇同心　夜盗斬り 新装版
闇の殺し人・直次郎が窮地に！　弱みを握り旗本殺しを頼んできた美しき女の正体とは？

工藤堅太郎
葵(あおい)の若様　腕貸し稼業
痛快時代小説の新シリーズ！　徳川の若様が、浪人に身をやつし、葵の剣で悪を断つ。